中國歷史人物故事系列
風雲人物
管家琪/文・顏銘儀/圖
100位名人召集令
2

自序

人是最迷人的

◎管家琪

有人說，「歷史（History）」這個字，若拆開來看其實就是把「他的（His）」和「故事（story）」兩個單詞做一個組合。所以，什麼是歷史？歷史就是「他的故事」。不過，歷史實際上除了包括男性（他的，His）故事之外，當然也包括女性（她的，Hers）故事，總之，歷史就是「人的故事」。

人，永遠是最迷人的。

幾年前我曾經替幼獅文化公司寫過一套（三本）書，叫做《你一定要知道的100個歷史故事》，是從中華文化上下五千年中挑選100個歷史故事來講述，著重的是事件，這回「中國歷史人物故事」則著重人物，分為《皇上有令—30位帝王點點名》、《萬人之上—30位名相排排坐》和《風雲人物—100位名人召集令 1、2、3》（三本），一共五本。在這套書裡頭，距離我們最遠的是夏朝的伊尹，距今三千多年（西元前1649—前1549年），最近的是民國初年教育家蔡元培（西元1868—1940年）和末代皇帝溥儀（西元1906—1967年）。除了伊尹和周公，其他所有挑選出來的人物都是從春秋戰國時代一直到近代。讓我們從閱讀這些歷史人物的故事來了解歷史。

《風雲人物》將介紹一百位名人，包括十四位名臣武將、二十一位發明家和開拓者；十七位學問家和思想家、十三位文學家；九位神童、十二位藝術大師以及十四位奇女子。《皇上有令》和《萬人之上》則介紹三十位帝王及三十位名相，這兩本所講述的帝王和名相都是按朝代排列，請大家按照順序從頭讀下來，這樣對於中國歷史、對於朝代才會有一個比較清楚的時間概念。讀歷史，是一定要注意時間的，或者說要有敏銳的時間感。

至於為什麼這套書的前面兩本要先介紹帝王和名相，這是因為政治實在是一切的基礎啊，其實自古以來大多數老百姓恐怕都不是什麼政治狂熱分子，然而就算是對政治冷感，政治就是會在方方面面影響我們的生活、甚至決定我們的生活，而在封建制度下最重要的政治人物當然首推帝王，其次是名相。

《風雲人物——100位名人召集令2》我們將介紹十七位學問家和思想家以及十三位文學家。按照這套書的慣例，這些風雲人物也都是依他們生活的年代來排序。

你會發現，在學問家和思想家這個部分，我們介紹了好幾位都是生活在春秋戰國時期，距離今天都已經是兩千多年以前了。這是因為凡事都該追本溯源，為什麼每個民族的民族性都不盡相同？看待人生、看待世界的觀點也各有千秋？這都是有所謂的理論和學說做基礎的，而在中國歷史上，春秋戰國時代雖然連年征戰不休，但是由於官學沒落、私學興起，在學術上真正是一個「百家爭鳴」的狀態，影響後世非常深遠，所以我們一定要著重介紹這個時期的幾位大學問家和思想家。

在諸子百家之中，第一個出現的是老子。現在，就讓我們一起先來認識老子以及他的思想吧！

目錄

學問家和思想家

文學家

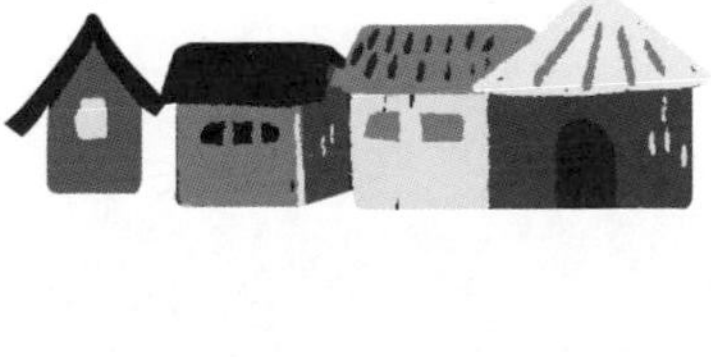

老子

道家學派的奠基者

（約西元前571—約前471年，春秋末年）

「上善若水」、「禍福相倚」、「以柔克剛」、「順應自然」、「清靜無為」、「千里之行，始於足下」……這些我們經常會聽到的觀念，都來自於距離今天已經超過兩千五百年以上的老子。老子是道家學派的創始人，他的思想長久以來對於中國的哲學、倫理道德、政治理念以及中國人的思維都有非常深

刻的影響，毫無疑問早就成為中國文化中非常重要的一部分。

老子是楚國苦縣人，也有「陳國相邑人」一說。不過，不管是「苦縣」或是「相邑」其實都是同一個地方，都是今天的河南鹿邑。

他的父親老佐（生卒年不詳）是宋國的司馬。一年，楚國攻宋，老佐率軍應戰，還帶著懷孕已七個月的妻子同行，這是要向國君表達必勝之心。然而天不從人願，老佐在激戰中被暗箭射中，當場墜馬身亡。宋軍群龍無首，頓時潰不成軍，紛紛四散潰逃，而原本在營帳中護衛著夫人的家將、侍衛和侍女等等，忽然聽聞老佐陣亡，又看到潰軍如潮水般湧來，急急忙忙只能拚死護衛著夫人且戰且逃。到了傍晚，夫人身邊只剩下兩名侍女和一名駕車的家將。

他們不敢稍停，一路摸黑繼續奔逃，在慌不擇路的情況之下弄錯了方向。隔天清晨來到一個偏僻的小村莊，詢問回宋都該怎麼走，可村民都說不知道，家將沒辦法，只得向西前進。在他的概念中，要回宋都應該是一路向西，這個原則本來也沒錯，可是他不知道的是，其實他們的方向早已偏南了。就這樣走了七天，還沒看到宋都，卻來到了陳國的相邑。

在逃難的過程中，夫人生下一個男孩，體弱而頭大，眉寬而耳闊（據說老子在晚年的時候「雙眉垂鬢，雙耳垂肩」），眼睛非常清澈。因為小嬰兒的兩個耳朵特別大，所以就起名為「聃」（就是「耳」的意思），再加上那年是虎年，親鄰都喚他「小狸兒」，就是「小老虎」的意思。在江淮一帶大家都把「貓」喚做「狸兒」，聽起來就像「李耳」，於是久而久之，他的本名「老聃」不太為人所知，反而是小名「狸兒」成為「李耳」，就這麼一代又一代的傳下來了。

老子自幼聰慧，靜思好學。母親為他請了一位精通天文地理、又博古今禮儀、深受大家敬重的老師——商容（生卒年不詳）。

商容很快就發現，這個「小狸兒」實在是太難教了，因為他總會想得很多，更會一直問個不停。

一天，商容說：「天地之間人為貴……」狸兒就問：「天為何物？」先生回答：「天者，在上之清清者也。」狸兒又問：「清清者又是何物？」先生說：「清清者，太空是也。」狸兒繼續問道：「太空之上，又是何物？」……這麼一路追問下去，後來狸兒居然問道：「清者窮盡處為何物？」先生只得回答：「先賢未傳，古籍未載，愚師不敢妄言。」結果，當天晚上，小小年紀的狸兒就仰頭望著星空，不斷思考著「天上之天」為何物，還因此徹夜未眠。

商容教了狸兒三年，以「先賢未傳，古籍未載，愚師不敢妄言」這樣做結束的例子不知道有多少。三年之後，商容認為狸兒這孩子「求之無窮」，自己卻「所學有盡」，實在教不了他，正好這時有一個好機會，便決定替狸兒安排更好的學習環境。原來，商容有位師兄是周太學博士，向來以助賢為樂，不止一次聽商容讚美狸兒，最近正好有家僕數人會經過此地，就致書商容，表示願意帶狸兒去周都。商容將此信息告知狸兒的母親，表示這是一個千載難逢的良機，終於說動了狸兒的母親。

老聃就這樣來到周朝的首都洛邑（今河南洛陽），拜見博士，並入太學，從此天文地理和人倫，無所不學，《詩》、《書》、《易》、《曆》、《禮》、《樂》無所不覽，各種文物、典章和史書也無所不習，僅僅三年便大有長進，博士遂推薦他入守藏室為吏。

守藏室是周朝典籍收藏之所，老聃身處其中，有讀不完的書，真是如魚得水，學問日益精進。三年後又遷任守藏室史，名聲愈來愈大。

但是後來因為預見周王室即將崩潰，他無心再繼續待在洛邑，便辭官歸鄉。在騎著青牛西出涵谷關的時候，當地的守令關尹請求老子著書，這才有了我們現在可以讀到的《老子》。

《老子》一書，全書不過五千多言，分為〈道〉和〈德〉兩個部分，所以又被稱為《道德經》。這本書奠定了道家學派的哲學思想。首先，老子提出了一個最高的哲學概念，那就是「道」。老子認為「道」是先於天地而生成，並且不依人們的意志而客觀的存在著，是整個宇宙的總源和總法則，這種法則是自然的，在自然的法則下，任由萬物生長。

其次，老子認為世間任何事物都具有正反兩面的對立和變化，譬如有無、長短、高下、先後、美醜、難易、強弱、輕重、大小、勝敗、損益、智愚、善惡……有時彼此還會互相轉化，就像「禍兮福之所倚，福兮禍之所伏」，什麼是福？什麼是禍？往往一時還真的很難說。

從個人的修身養性、為人處世，到治國、平天下的政治理念，在老子的哲學中都可以找到答案。比方說，他認為做任何事都應該踏踏實實的從小做起（「天下難事必作於易，天下大事必作於細」）；要助人為樂，你施與別人愈多，精神上得到的滿足與快樂也就更多（「與人而愈有」）；看似柔弱的東西往往反而具有長久的生命力（「柔弱勝剛強」）；高明的統治者應該實行「清靜無為」，順應人的天性，遵從自然之道，不要制定過多的制度去約束老百姓，更不能憑自己主觀的意志來管理國家，那只會適得其反。

《老子》一書在西方也很受到推崇。歐洲從十九世紀初就開始有學者研究《老子》，到了二十世紀的四、五十年代，歐洲關於《老子》的譯本就已經有六十多種，德國著名哲學家黑格爾（西元1770—1831年）和尼采（西元1844—

1900年）就都對《老子》做過研究。

此外，老子大約比孔子要年長二十歲左右。按古書上記載，孔子曾數度請教過老子，這也是中國文化史上的佳話。

至聖先師 孔子

（西元前551—前479年，春秋末年）

「會為普通老百姓立傳，只要此人在歷史上具有重要的影響力」，這是西漢著名史學家司馬遷（西元前145年—卒年不詳）《史記》的特色之一，因此，孔子雖然終其一生沒做過什麼大官，司馬遷卻專門寫了一篇「孔子世家」來敘述孔子的生平。同時，由於司馬遷特別引用了《詩經》中的一句話——「高山

仰止，景行行止」來讚美孔子，以至於這兩句話的意思從此也不一樣了。

原本在《詩經》裡，這兩個句子是描寫一個喜氣洋洋的新郎官在快樂的吟唱娶親之事，他走呀走呀抬頭仰望高高的山（「高山仰止」），快快奔行在大道上（「景行行止」），可是當司馬遷別出心裁以「高山仰止，景行行止」來評價孔子，並且後面還加上「雖不能至，然心嚮往之」之後，「高山仰止，景行行止」的意思就變成了「德如高山人景仰，德如大道人遵循」。

如果以兩人出生那年作為基準，孔子之於司馬遷是一位四百年前的古人，司馬遷用無比崇敬的語氣表示：「儘管我不能回到孔子的時代，然而內心非常嚮往。我閱讀孔氏的書籍，可以想見他的為人。我去到魯地，觀看仲尼的宗廟廳堂、車輛服裝、禮樂器物，儒生們都按時在孔子故居演習禮儀，我流連忘返以至於一直無法離去。」

司馬遷還說：「天下從君王直至賢人很多，生前都榮耀一時，但死後也就無聲無息。孔子只是一個平民，可傳世十幾代，學者都尊崇他。上起天子王侯，在中原凡是講習六經的都要以孔子的論點作為標準來判斷是非，孔子真可說是至高無上的聖人了！」

當司馬遷開始寫作《史記》的時候，漢武帝（西元前156—前87年）已於西元前140年接受了董仲舒（西元前179—前104年）所提出的「罷黜百家，獨尊儒術」的主張，然後大力推行，也就是說孔子所創立的儒家學派從漢武帝在位時期就開始成為統治階層的主流思想，也可以說成為中華文化的正統。

因此，孔子豈止是深受司馬遷的景仰，如果以孔子去世那年算起到現在都已經差不多兩千五百年了，孔子仍被我們尊稱為「至聖先師」，司馬遷形容他是「至高無上的聖人」（「可謂至聖矣」），真是一點也沒錯。

為什麼司馬遷為了寫〈孔子世家〉要專程去魯地呢？因為孔子名丘，字仲尼，是春秋時期魯國陬邑（今山東曲阜）人。

他的先世原本是宋國的貴族，因為政治避難遷魯而沒落，再加上孔子兩歲喪父，少年時期又喪母，生活相當辛苦。孔子形容自己「吾少也賤，故多能鄙事」，意思就是說我小的時候生活艱難，所以會做一些粗活。但孔子從小聰敏好學，又很能幹，青年時期做過「委吏」（管理倉庫）和「乘田吏」（管理畜養）等小官，儘管工作繁瑣，但他都還是表現得相當出色。

在他十八歲那年（西元前533年），魯昭公（西元前560—前510年）召見他，言談中稱他為「夫子」，從此，魯國上下就都尊稱他為「孔子」了。

書上說，孔子從中年開始收徒講學。其實也就是從他三十歲開始興辦平民教育，在那個時候三十歲已經算是中年了。孔子是中國歷史上最早創立私學的人之一。

他秉持著「有教無類」的原則，就是不分階層，不分貧富，也不分年齡大小，只要有心學習，交上十塊乾肉（束脩）就可以來上學，乾肉的大小也沒有限制，等於就是對社會大眾廣開教育的大門，讓人人都有機會學習，受教育不再是那些權貴階級的專利。

孔子自擬教學內容，以「六經」和「六藝」為主，並自創教學方法。比方說「因材施教」，同樣一個概念在面對不同學生的時候，孔子會用不同的方法來啟發，務必讓學生都能夠領會；經常帶著學生來到尼山，邊遊玩邊教學（就像現今的戶外教學）；在教學過程中不是孔子自說自話，他總是鼓勵學生「各抒己見」（就像現今老師們在課堂上鼓勵學生積極發言）……總之，儘管相隔了兩千五百多年，孔子許多教育觀念和教學方法，至今看來仍一點也不過時。

相傳孔子一生弟子三千，精通六藝者七十二人，這就是後人所說的「七十二賢人」。

孔子在五十歲時開始從政，曾任魯國中都宰、司空、大司寇等，但時間並不長；由於魯定公（西元前556—前495年）荒廢政事，孔子感到難以施展抱負，更難以盡到輔佐國君的責任，便決定離開魯國。五十四歲以後（西元前497年），他開始率著弟子周遊列國，先後到過宋國、衛國、陳國、蔡國、齊國、楚國等國，在長達十四年的時間裡，一共遊說過七十二位執政者，但是都不見用，關鍵在於孔子的政治理想是以「禮」為治，希望能夠達到「仁」的境界，也就是「克己復禮，天下歸仁」。這在當時「禮壞樂崩」的春秋晚期，孔子想要推崇西周典章制度、倡議學習堯舜、把上古視為黃金時代，總被認為是非常不合時宜的。

晚年（自六十七歲）回到魯國之後，孔子便致力於教育文化事業。譬如，刪改魯史而修成《春秋》，上自魯隱公（西元前722—前712年），下至當時的魯哀公（西元前521—前468年），一共十二個國君，涵蓋了兩百四十二年的歷史。這也開創了中國歷史上私人修史的先例，是一項開創性的功績。

又如，孔子非常重視文獻的價值，投入極大的心力率領弟子一起蒐集整理古代文獻，保存了春秋以前許多重要的文化遺產，編纂了《易》、《書》、《禮》、《樂》、《詩》、《春秋》等著作。為了保留文獻原有的文辭，孔子嚴格要求弟子一定要堅持「述而不作」的原則（只是忠實陳述古人的智慧和心得，不加入自己主觀的詮釋），也不涉及怪力亂神之事。孔子的工作態度非常嚴謹，就拿編纂《詩經》來說，他是一篇一篇的研讀，並不斷徵求弟子的意見，經過大家反覆討論，最後才選定305首詩，分為《風》、《雅》、《頌》

三個部分。

可惜回到魯國之後僅僅過了五、六年，由於遭受獨生子孔鯉（西元前532—前483年）和幾個心愛弟子如顏回（西元前521—前481年）、子路（西元前542—前480年）相繼過世等一連串的打擊，使得年事已高的孔子健康大受影響，終於在西元前479年與世長辭。

在孔子過世以後，弟子將他的語錄編輯成書，這就是我們都很熟悉的《論語》。兩千多年以來，一直是後世研究孔子和其學說最重要的依據。

人性本善
孟子

（約西元前372—前289年，戰國時期）

在「至聖」孔子去世大約一百零七年左右，孟子出生。由於孟子可說是最能光大儒家思想仁政學說的人，所以後世都稱他為「亞聖」，並將他與孔子並稱為「孔孟」。

孟子名軻，鄒國（今山東鄒縣）人。和孔子一樣，孟子也是幼年喪父。他的母親是一個相當有見識的女性，為了教育兒子，留下不少讓後人津津樂道的故事。最有名的是以下三個小故事：

「孟母三遷」——孟子小時候原本住在墓地附近，有一天，母親無意中看到兒子和幾個小夥伴興致勃勃在一起玩造墳的遊戲，心想這樣的環境恐怕對兒子的成長不利，便開始整理東西，搬到熱鬧的市場旁去居住，不久，母親看到兒子有模有樣的在學附近商人的叫賣，又覺得這裡還是不理想，於是決定要第三次搬家，這回搬到了學校附近。過了一段時間，母親看到兒子一本正經的在學習禮儀，這才總算鬆了一口氣，倍感欣慰的想著，現在好了，終於找到一個利於孩子成長的好環境了。

「斷機教子」——孟子雖然從小天資聰穎，但就跟絕大多數的孩子一樣，玩性也很大。一次，母親發現兒子逃學，就當著兒子的面把織了一半的布全部

割斷。孟子嚇了一跳，忙問母親為什麼要這麼做？母親平靜的說：「這就像你逃學一樣啊！」孟母就是用這樣決斷的方式讓兒子理解到學習是不能中斷的，只有持之以恆才可能有所成就。

「**殺豬事件**」——一次，聽到鄰居家殺豬，孟子問媽媽：「他們為什麼要殺豬啊？」孟母隨口應了一句：「為了要給你吃啊。」孟子一聽，非常高興，就蹦蹦跳跳的跑開去玩了。他一走，母親就很後悔，懊惱剛才不該信口開河，這樣一會兒等兒子回來以後在餐桌上見不到豬肉，發現自己之前只不過是唬他的，豈不是會很失望？而且恐怕以後再也不會相信自己所說的話了，於是想了一想，孟母還是咬咬牙忍痛去買了豬肉回來做給兒子吃。（對於一般小老百姓來說，如果不是碰到過年過節之類特殊的日子是捨不得吃肉的。）

孟子長大以後，十分仰慕孔子，專程赴孔子的家鄉魯地去遊學，受業於子思的門人。子思（西元前483—前402年）是孔子的嫡孫。

中年學成以後，孟子也跟當年的孔子一樣，周遊列國，到處講道德、説仁義，積極傳布和推廣儒學，一度擔任過齊國的卿相。然而戰國時代各國都在紛紛進行整治和軍事改革，很多改革也都在很短的時間之內就看到了明顯的成效，譬如秦國重用商鞅（西元前390—前338年）富國強兵；楚、魏任用吳起（西元前440—381年），接連打了勝仗；齊國重用孫臏和田忌（兩人生卒年皆不詳），迫使其他諸侯國都入朝納貢……相比之下，孟子的理念不僅是不合時宜，還顯得非常的迂腐。

然而，眼看各國都崇尚武力，動輒就發動戰爭，導致百姓都苦不堪言，社會矛盾也日益加劇，孟子憂心忡忡，更加賣力的大聲疾呼應該推行「王道」；

這是孟子政治思想的核心價值觀。

孟子說「仁者，人也」，又說「仁，人心也」。經由對於過去夏、商、周三個朝代興衰的思考，孟子認為統治者能否取得天下，其實關鍵就在於對百姓的「仁」或是「不仁」。孟子進一步闡釋，想要得天下者在於得民心，得民心就需要行「仁政」，統治者應該拿出仁愛之心來對待百姓，這麼一來「得道者多助，失道者寡助」，對於心懷慈善的國君，百姓自然會心悅誠服，統治者也就可以達到「王天下」的目的。

至於統治者要怎麼做才能夠得人心？孟子認為最重要的具體措施就是實施井田制，把田地劃分為「井」字的形狀，一井九百畝，中間是「公田」，圍繞在周邊的八百畝則是「私田」，由八戶農家來耕種，而且是必須先做完了公田裡的活兒之後才能去耕種自家的田地。孟子表示，這就叫做「制民之產」，讓老百姓的生活擁有基本保障，同時還要「薄稅斂」，盡量減輕老百姓的負擔。

孟子還主張「民為貴，社稷次之，君為輕」，國君必須非常重視老百姓的心聲和意見。在君臣關係上，孟子說「君之視臣為手足，則臣視君如腹心；君之視臣如犬馬，則臣視君如國人；君之視臣如土芥，則臣視君如寇讎」，他甚至認為殺死像夏桀和商紂那樣的暴君，不算是什麼大逆不道的行為。在那樣的時代，孟子的思想實在是非常大膽，同時也從理論和實踐上首開「諫君」的先河。

像孟子這樣處處站在老百姓的立場、由衷關心老百姓疾苦的各種主張，自然不為統治者所喜，也不為當世所重視，但是在中國長期封建社會中，特別是從宋朝以後，孟子的思想卻對歷代社會的政治、文化、傳統道德等等都發生了很大的影響，進而成為中國古代文化遺產中的重要部分。

此外，「性善論」是孟子整個思想學說的理論基石和立足點。孟子認為「人性本善」、「惻隱之心，人皆有之」，仁、義、禮、智這四種道德，就像人的四肢一樣，在本質上每個人都是相同的，只要為政者能夠對百姓循循善誘，加強後天的教育，「人皆可為堯舜」。也就是說，孟子強調了教育的重要，更強調了後天環境對一個人的影響。

想來這和他小時候身受母親的教誨，應該有相當密切的關係吧。

荀子

人性本惡

（約西元前313—前238年，戰國末年）

如果以卒年作為基準，荀子比孟子要晚五十一年，跟孔子則相距兩百四十一年。後世學者公認在孔子之後，儒家的繼承人有兩位代表性的人物，一個是孟子，另一個就是荀子，不過兩個人的思想不盡相同，關於人性的看法更是有很大的分歧；簡單來說，孟子主張「性善論」，荀子則主張「性惡論」。

荀子認為人的本性是「惡」而非「善」，所謂「善」是後天努力教化的結果。因為「人性」是餓了就想吃飯、冷了就想取暖、累了就想休息、只想得到好處而不願意自己的利益受損等等，基於這樣共通的人性，每個人都會產生很多欲望，而這些欲望與別人的欲望經常又會相互衝突，這麼一來產生爭鬥自然也就在所難免，因此為政者才需要一方面教化百姓，另一方面則是以禮義作為基礎來制定法律，以此來管理人民，治理天下，使老百姓都不敢為非作歹，天下自然就會趨於安寧，也就慢慢符合「善」的境界。

與孔孟相比，荀子顯然具有更多現實主義的傾向。因為孔子的中心思想為「仁」，孟子的中心思想為「義」，荀子則提出「『禮』和『法』同等重要」的概念，強調為政者一定要注重培養以及有效約束老百姓的行為規範。

無怪乎在荀子的學生中，韓非（約西元前296—前233年）和李斯（約西元前284—前208年）赫然在列。韓非更被後世稱為法家學派的集大成者，而李斯則是以嚴刑峻罰來治理秦國，在短時間之內即達到了富國強兵的目的。

荀子甚至認為孟子的「性善論」是對於孔子思想的一種誤解，認為只有自己和子弓才是孔子真正的傳人。「子弓」就是「仲弓」，本名冉雍（生於西元前522年，卒年不詳），「仲弓」是他的字，是「孔門十哲」之一。

荀子雖然自稱儒家，實際上更像是一個先秦諸子百家的集大成者，他對先秦諸子、所謂「百家學說」都進行了深刻的思考和分析，必要時還加以批判，然後豐富和充實了自己的思想，最後建立起一個規模宏大的學術體系。

比方說，他不相信宇宙之間會有一個擁有感情和意志的主宰，認為日升月落、四季更迭，甚至是日蝕、月蝕等被一般人視為「異相」的各種現象，其實都只不過是自然現象罷了，而且都是按照一定的規律在進行，不會因為當時有了像堯這樣的明君或是有了像桀這樣的暴君而有什麼不同，這就是「天行有常，不為堯存，不為桀亡。應之以治則吉，應之以亂則凶」。（出自《荀子·天論篇》）

對於治理天下，荀子認為「君者，舟也；庶人者，水也。水則載舟，水則覆舟」（出自《荀子·王制篇》）。「庶人」就是普通老百姓，意思就是說老百姓可以像水一樣的托住小舟，但也能輕易的就把小舟給打翻。戰國末年，封建制度已經在各個諸侯國穩固的建立起來，荀子這番關於國君不可輕忽老百姓力量的看法可說是相當前衛。

根據司馬遷在《史記·孟子荀卿列傳》中的記載，荀子是趙國人，然而在戰國末年，趙國的疆域很大，縱橫至少有兩千里，荀子的出生地至今還是眾說紛紜，成為中國歷史文化名人中極為少見只有「國籍」而沒有確切「故籍」的

例子，不過一般認為很有可能應該是趙國的首都邯鄲。

荀子的一生和孔子有一定程度的類似，也是儘管足跡遍天下，所到之處亦都頗受禮遇，然而他所想要推行的政治主張卻始終得不到採納。他早年曾經遊學於齊，後來曾經三次擔任當時齊國「稷下學宮」（當時齊國官辦的高等學府）的祭酒（學宮之長），這是對於荀子學問淵博的一種肯定與尊敬。

在他四十九歲左右（西元前264年），應邀入秦國，原本對秦國寄予厚望，然而秦國一心想要盡快的富國強兵，不用儒生。而且在會見了秦昭王（西元前325—前251年）和秦相范雎（生年不詳，卒於西元前255年），對秦國的情況也進行了一番考察和了解之後，荀子也肯定了法家改革為秦國帶來的成效。

後來他來到楚國，在楚國大臣春申君的賞識下做了一個小小的蘭陵令。春申君是「戰國四公子」之一，本名黃歇（西元前314—前238年）。西元前238

年，春申君遭楚國另一權臣李園（生年不詳，卒於西元前228年）設計誅殺，此時已七十五歲左右的荀子也就連帶被罷了官，不久就於同年病死，葬在蘭陵。

其實荀子晚年的重心都在從事教學和著述，但是由於他否定天命，不敬鬼神，主張「人性惡」，強調百姓需要為政者來做諸多智慧的教化等等，都與當權者喜歡愚弄百姓的做法不合，因此荀子的學說始終受到統治階層的壓抑，著作流傳得相當有限，到了漢代不過三百多篇，經過西漢學問家兼文學家劉向（西元前77—前6年）的編訂，把重覆的部分刪除，定著三十二篇，這就是《荀子》。

荀子善於比喻，語言豐富多彩，對於後世說理這一類文章產生了一定的影響。〈勸學篇〉是《荀子》一書的開篇之作，裡頭有很多經典名句，即使已經過了兩千多年，至今讀來仍是那麼的激勵人心。譬如：

「不積跬步，無以至千里；不積小流，無以成江海。」（「跬步」古代稱一「舉足」，就是一腳向前邁出後著地，這樣的距離叫做「跬」；兩舉足的距離成為「步」。）

「故不登高山，不知天之高也；不臨深溪，不知地之厚也；不聞先王之遺言，不知學問之大也。」

尤其是「鍥而捨之，朽木不折；鍥而不捨，金石可鏤」，更是充分顯示出「不捨」（不能捨）對於學習的重大意義；我們無論求學或是學習任何手藝，想要有所成績就得堅持不捨。

說故事的高手
莊子

（約西元前369—前286年，戰國時期）

就像一講到儒家的代表性人物，大家都會說「孔孟」；只要一提到道家，人們一定會說「老莊」，指的是老子和莊子。儘管老莊兩人所生活的年代差不多相差兩百年，老子是在春秋末年，莊子則是在戰國中期。

戰國時期是中國歷史上一個大混亂同時也是大發展的時代，一方面戰亂頻仍，百姓的生活動蕩不安，經常被迫過著流離失所的日子，另一方面對於那些有政治抱負的人來說似乎又充滿了機會，只不過這些機會究竟是福是禍，往往一時還真不好下定論，恐怕要等到最後離世的時候才能蓋棺論定。原本是楚國人的李斯在入秦之後，經過一番奮鬥，雖然貴為丞相，對秦國的貢獻也很大，最後卻下場悲慘，不僅他本人在七十六歲高齡被腰斬於咸陽鬧市，緊接著李斯的三族也都全部遭到抄斬，這就是一個典型的例子。身處於這樣特殊的年代，大概很容易就會令人感受到生命的變化莫測和無常吧。

李斯身處於戰國末年、秦朝初年，其實早於李斯大約八十年前的莊子早就預知戰國時期的高官不好當了；今天還在榮華富貴，明天就可能身首異處。

莊子，名叫周，宋國蒙（今河南商丘）人。對於莊子的生平，後世知道的很有限，只知道他曾經短暫做過蒙這個地方一個小小的漆園吏，此後便終身不再為官。由於他學問好，又頗有才能，楚威王（生年不詳，卒於西元前329年）曾經特地派了兩名使者，帶著厚金和重禮前來拜訪，想要請他擔任高官，為楚國效力。莊子卻說：「高官不就像是祭祀用的牛嗎？不都是先餵養多時，等時候一到，便給牠披上繡花衣裳然後送到太廟去做祭品？我可不願如此，我寧願像一隻烏龜一樣，在汙泥濁水當中自得其樂。」

他的朋友不多，門徒也很少，生活非常貧苦，曾經見過一次魏王，還是穿著破麻鞋和打著補丁的衣服去的。一年，由於春荒，原本就很窮困的莊子無米下鍋，不得不硬著頭皮去找一位老朋友借米。

這個朋友是一個監河侯，負責管理宋國黃河水利，為人吝嗇，他不想幫忙，但又不願明說，就敷衍道：「沒問題，等到了年底，百姓的賦稅都交上來了，我一定借給你三百金。」

莊子聽了，笑了笑，就說了一個故事。

「我在來這兒的路上，看到一條鯽魚躺在路邊被車輪碾壓過的小坑洞裡，牠對我說，求求你救救我，趕快給我一升水吧，我對牠說，沒問題，可是我現在要先去江南一遊，等我的行程結束，再去蜀國放水入長江，然後引長江灌進黃河，讓黃河氾濫，這樣洪水一來，你就可以得救了，結果那條鯽魚就跟我說，那你還不如早一點到乾魚店去找我吧！」

莊子就是這麼一個說故事的高手。他彷彿也經常活在故事裡。有一天，莊子小寐，夢到自己變成了蝴蝶，夢醒之後，發現自己仍然是莊子，恍惚之間不知道到底是莊子變成了蝴蝶呢，還是蝴蝶變成了莊子？這就是「莊生夢蝶」的典故。

當然，「莊生夢蝶」不僅僅只是一個故事，而是象徵著對那種自由自在精神世界的嚮往。

莊子繼承了老子關於「道」的哲學基本立場，再提出自己極具特色的「齊物論」，追求「天地與我並生，萬物與我合一」，莊子認為萬物的本質歸根結底其實都是相同的，並沒有什麼差別，世間也沒有什麼是非、善惡、美醜、貴賤之分，因為萬物本來就都是渾然一體的，並且還會不斷向其對立面去轉化，就像萬物有生必有死，有存必有滅，所以，有什麼區別呢？

莊子認為，所有人生在世總感困惑的問題都是「道」，而人生的最高境界就是與道合一。要怎麼樣才能做到與道合一？首先要達到「無己」；所謂「無己」就是去除「物」、「我」的界線，站在道的立場上，取消一切對立和差別。

此外，莊子還在其代表作〈逍遙遊〉（出自《莊子》一書的首篇）中提出了關於人生追求的三個境界。第一重境界是棄燕雀之小志，慕鴻鵠之高翔，也就是要追求卓越；第二重境界是舉世而譽之而不加勸，舉世而非之而不加沮，也就是要能夠寵辱不驚；第三重境界則是最高境界，就是「至人無己，神人無功，聖人無名」，這就是「物我兩忘」的境界了。

因此，很多後世學者都說，莊子的學說看似消極，其實不然，應該說是積極而又非常達觀的。最有名的一個例子大概就是在妻子去世的時候，莊子竟然「鼓盆而歌」的故事了。

結髮多年的妻子亡故，莊子看上去不僅一點也不悲傷，竟然還鼓盆而歌，就連前來吊唁的好友惠施（西元前390—317年）都覺得莊子很過分，質問他難道你一點也不難過嗎？莊子說：「你錯了，我也是人，怎麼可能不悲傷，但我不能任由自己只受感情的支配，得冷靜的想一想啊。我想起在很久很久以前，這世上根本就沒有她，在偶然的機緣之下，來到了這個世界，一生經歷了種種苦難，終於又離開了這個世界，這不就像四季變化一樣的自然嗎？如今她從我們這個小屋遷往天地的大屋，從此坦然安臥，如果我不為她唱歌歡送，反而哇哇大哭，只顧自己情感的發洩，這未免也太不懂得生命的自然法則了」。

惠施與莊子之間留下不少有意思的小故事。稍早之前，有一回，兩人在濠水的橋上觀魚，莊子說：「你看，這些魚兒在水裡自由自在的游著，多麼快樂啊！」惠施說：「你又不是魚，你怎麼知道牠們快樂呢？」莊子說：「你不是我，你怎麼知道我不知道魚是快樂的呢？」惠施說：「我不是你，當然不知道你是否知道，可是你也不是魚，所以你也必然不知道魚是否快樂。」莊子笑道：「請回過頭來看看我們這番爭辯的開頭，一開始你就問『你怎麼知道這些魚是快樂的』，既然你都說了『你怎麼知道』，表示你已經知道我知道，不是嗎？那我現在就可以告訴你，我就是在這濠水的橋上知道的。」

莊子著書十餘萬言，多半都是充滿神奇玄妙的故事，他的想像力非常豐富，極其擅長運用寓言和故事來闡明自己的思想，被譽為「文學的哲學，哲學的文學」。傳世的《莊子》一書，是莊子及其門徒的作品，是由後來魏晉時代的玄學家郭象（西元252—312年）所編訂。

數千年來，老莊思想深入人心，無論是在文學、藝術，特別是在哲學，都產生了深刻的影響，有些甚至已內化成為中華民族的一種民族性。身為道家學派主要的代表性人物，莊子實在是一個非常特別的存在。

韓非

法家思想集大成者

（約西元前280—前233年，戰國末年）

韓非是戰國末年最後一位了不起的哲學家和思想家，更是先秦法家思想的集大成者，為日後專制的中央集權制度提供了非常系統化的理論基礎。秦始皇（西元前259—前210年）在西元前221年滅了六國建立秦朝以後，基本上就是實施了韓非的理論。

可惜韓非自己沒等到那一天，沒看到自己的政治主張能夠被如此全面性的推展；因為早在秦始皇完成統一大業的十二年前，韓非就已經被他的同門師弟李斯給害死了。韓非大約比李斯略長四歲左右，他們都曾經是荀子的學生。

韓非出身韓國的王族，是韓國都城新鄭（今河南新鄭）人。在戰國時代，韓國是「戰國七雄」中實力最弱的一個，經常受到秦、楚、魏幾個大國的欺凌。韓非從小就非常聰慧，可惜因為天生口吃，在口語表達上有障礙，於是很早便開始把自己所有的才思統統都傾注在文字的世界裡。他眼看韓國政治腐敗，多次上書韓王，倡議變法強兵，可是都沒有被採納，於是便退而著書，寫成〈孤憤〉、〈五蠹〉、〈內外儲〉、〈說林〉、〈說難〉等著作，五十五篇、十餘萬言（後來統稱為《韓非子》），在韓國流傳甚廣，後來還傳到了秦國，連秦王嬴政（就是後來的秦始皇）也讀到了，大為欣賞，發出一番感嘆說：「嗟乎，寡人得見此人與之遊，死不恨矣！」大意就是說，如果我能夠見到這個作者，與他一起交流討論，那我就死而無憾了！

可見當時秦王嬴政對於韓非的文采與思想等各方面的評價有多高。

韓非的文章確實是構思精巧，語言幽默，尤其非常善於以精鍊簡明的寓言來說明一個個複雜的道理，可讀性很高又十分引人深思，讀完之後總能讓人情不自禁的再三回味。我們現在都很熟悉的很多成語故事，譬如「守株待兔」、「濫竽充數」、「自相矛盾」、「脣亡齒寒」、「負薪救火」、「鄭人買履」、「老馬識途」、「諱疾忌醫」等等，最初就都是誕生於韓非著作中的典故，早已成為中國文學中一顆顆璀璨的明珠。

在得知這些傑作的作者此時人在韓國之後，秦王為了想要「與之遊」，竟然發兵攻韓！（這大概是有史以來最霹靂的「追星」方式了）而韓王在弄清楚情況之後，不得不火速起用韓非，然後立刻派韓非出使秦國，把韓非送到秦王的面前。

秦王終於見到自己心儀的作者了，一番交談之後，秦王相當喜歡韓非，但還沒有決定是否要留用，已引起李斯的妒忌和警覺，擔心韓非會威脅到自己的前途。

不久，李斯向秦王提出兼併六國統一天下的計畫，在這個計畫裡第一個要滅掉的目標就是韓國，韓非大概是出於愛國心切，大加反對，主張「存韓滅趙」，就是說別滅韓國，還是去滅趙國吧。這給了李斯一個絕佳的除掉韓非的理由。

李斯對秦王說：「韓非這回來到我們秦國，很明顯是衝著韓國的利益而來，當然這也是人之常情，因為他本來就是韓國的貴族嘛！現在他不但想要破壞我們統一天下的大計，恐怕還想乘機竊取情報，從我們秦國獲利。」李斯甚至還說：「如果秦王不用韓非，可是讓韓非在這裡待上一陣子以後回國，一定會留下後患，不如乾脆還是趁早就把他給殺了吧。」

年輕的秦王聽了李斯的分析覺得很有道理，於是說翻臉就翻臉，竟然馬上就派人把韓非抓起來丟進大牢要治罪。韓非幾次要求面見秦王，都未獲允許，而且李斯還迅速派人私下給韓非送去毒藥，強迫他自殺。就這樣，原本來到秦國時還頗為風光的韓非，到了秦國以後居然還不到一年就莫名其妙的死了，大約享年僅四十七歲。

過了一陣子，當秦王又後悔，想要免了韓非的罪、放了他的時候已經來不及了。

韓非死得冤枉，然而由於他在學問上的成就，兩千多年以來始終在歷史上占有一席之地。

法家思想的產生，一般認為是從春秋時期管子（約西元前723—前645年）、晏子（西元前578—前500年）那時就已萌芽，而真正具有「法律」意義的學說則是在春秋末年，當鄭國的子產（生年不詳，卒於西元前522年）在進行改革的時候，第一次用成文的法律鑄為刑書。

到了戰國時期，法家成為一個相當重要的學派，大體分為兩派，一派是以李悝（西元前455—前395年）、吳起（西元前440—前381年）、商鞅（西元前390—前338年）為代表，主張「以法制代替禮制」，另一派則以申不害（西元前385—前337年）為代表，講究「以權術來控制臣下，統治百姓」。而韓非身處戰國末年，比以上幾位前輩晚了一百多年，他充分吸收了這兩派的思想，再融合自己的心得，最後成了法家集大成的代表性人物。

韓非可以說把老師荀子的「性惡論」發揮到極致，認為趨利避害是人之常情，利害關係是人類唯一的社會關係，因此這自然也就成為國家執行賞罰和法令的依據。

此外，在《韓非子》裡，韓非提出了一套「法」、「術」、「勢」相結合的中央集權君主專制理論。「法」指的是法律，是所有關乎國家根基的規章制度，以及處理政事的唯一準繩，也是除了國君之外其他所有臣民都必須遵守的一套根本大法；「術」指的是政治鬥爭的種種策略手段，國君要不動聲色的掌握賞罰大權來駕馭群臣；「勢」則是指君王的威勢，韓非舉例說即使是像孔子那樣的聖人，能夠被他感化、心甘情願為他效命的學生也不過七十幾個，而魯哀公那麼一個平庸的君主，只不過因為他有權勢，整個魯國的人民就全部都得聽他的話，就連孔子也不得不聽，可見仁義不可靠，國君唯有牢牢把政權掌握在手裡才是要緊。韓非認為，為政者只有把「法」、「術」、「勢」這三者做理想的結合，才能很好地治理國家。

不過，講究「術」的韓非，最終卻死於同門師弟李斯的奸術，實在也是滿諷刺的。

董仲舒

罷黜百家，獨尊儒術

（西元前１７９—前１１７年，西漢）

董仲舒是西漢著名的哲學家，也是一位影響中國文化極深的思想家。儒家從西漢（確切的說是從漢武帝在位時期）被確立為官學，開創了兩千多年以來儒家學說獨盛的局面。儒家學說從此成為中國封建社會的主流思想，就是由於董仲舒「罷黜百家，獨尊儒術」的主張被漢武帝採納並加以積極執行的緣故。

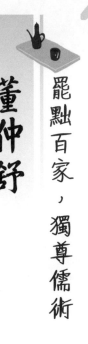

董仲舒是廣川（今河北廣川）人，家境十分優渥。他從小天資聰穎、酷愛讀書，經常會讀到廢寢忘食的程度。父親愛子心切，便在兒子的書房外修了一座美輪美奐的花園，想讓兒子在刻苦讀書之餘也能有地方走走，調劑一下身心。結果，三年過去，董仲舒別說從來不曾進過花園，就連這座花園到底長得什麼樣子都不知道，因為他的目光始終都只在竹簡上啊。（那個時候還沒有紙，所謂的「書」大多都是一捆捆的竹片。）這就是成語「目不窺園」的典故，形容讀書專注。

在三十歲左右，董仲舒招收了大批的學生，開始授課。他在上課的時候都會在課堂上掛上一副帷幔，然後坐在帷幔裡講授，學生們則全部都坐在帷幔外頭聆聽。很多學生就這樣學習多年連老師的面都沒見著。有時董仲舒也會讓自己的得意弟子來代講。

透過講學，董仲舒為西漢王朝培養了一批人才。在他的學生當中，有不少後來的發展都不錯，有的當上了諸侯王國的國相，有的成了長吏（指那些地位比較高的縣級官吏），而董仲舒自己也是聲譽日隆，在漢景帝（西元前188—前141年）在位時期當了「博士」。在古代「博士」是一個官名，秦漢時是負責掌管書籍文典、通曉史事，董仲舒則是負責掌管經學講授，最擅長講授《公羊春秋》。

漢武帝即位以後，一心希望有所作為，首要之務是要為自己的施政找準一個大方向，於是便在西元前140年讓各地推薦賢良文學之士來廣泛提供意見。此時三十九歲的董仲舒就是在這個時候參加了「策問」（這是古代以對答形式來考試的一種文體，內容以經義和政事為主）。

年輕的漢武帝對董仲舒進行了三次策問，每一次的主題都不盡相同，分別是「鞏固統治的根本道理是什麼？」、「治理國家的政術是什麼？」以及「關於天人感應的問題」；由於基本內容都是天人關係，因此董仲舒的對策被稱為「天人三策」。

董仲舒以《公羊春秋》為依據，將周代以來的宗教天道觀和陰陽、五行學說綜合起來，可以說是以儒學為核心，同時又吸收了法家、道家、陰陽家的思想，建立了一個新的思想體系，試圖以此來解決當時國家所面臨的一系列政治和社會問題；在對策中，董仲舒不僅詳細闡述了天人感應、論述了神權與君權的關係，還明確提出「罷黜百家，獨尊儒術」的建議。

長久以來，關於董仲舒的評價，後世學者一直是「仁者見仁，智者見智」，但是我們都不應忽略了當時的時代背景。任何一個時代，為政者主要的政治主張都有其特定的時代背景，就拿西漢初期實行「黃老之學，無為而治」

也不是無緣無故的。

在漢高祖劉邦建立漢朝之前是為期四年的楚漢相爭，楚漢相爭之前是秦末一波波的反秦浪潮，再之前是秦朝十餘年繁重無比的徭役，而秦朝當年又是結束了將近五百年春秋戰國時期征戰不斷的混亂局面……想想看，經過如此漫長的動蕩，無論是對於新興的大漢王朝或是老百姓來說，主張無為而治的道家思想自然最符合大家的需要，讓大家終於能夠喘一口氣，好好的休養生息。道家思想也確實造就了漢初難得的文景盛世。但是，隨著時代的發展，在漢王朝已有六、七十年的歷史以後，道家學說就慢慢顯得不再那麼合適了。

尤其是在景帝時期，西元前154年出現了「七國之亂」，這是一次諸侯國的叛亂，雖然叛亂在三個月之內就被平定，但當時擔任博士的董仲舒眼看這種地方割據勢力與中央專制皇權之間的矛盾，自然而然有了一番思考。為了防止類似的事件再度發生，避免統一的國家再度面臨著分裂的危險，董仲舒認為應該鞏固集中統一的政權。他從儒家經典《公羊春秋》中找到了「大一統」論，然後在《天人三策》中說：「《春秋》所主張的大一統，是天地的常理，適合古今任何時代的道理。」

更關鍵的是，董仲舒認為為了保證政治法紀的大一統，就必須先取得思想上的統一，因此主張要獨尊儒術，並且把「不在六藝之科，孔子之術者」都加以焚滅，切斷其他各派學說流通的渠道。這就是「罷黜百家」。

為了維護封建統治，董仲舒還極力推崇中央集權的政治代表人物，也就是君主，宣揚君主的權力是上天所授予的，所以稱為「天子」。他強調君主是國家的根本，必須擁有絕對崇高的權威。

不過，鑑於秦朝嚴刑峻罰所導致的惡果，董仲舒主張還是應該「德」與

「刑」並用，以「德教」為根本，再以「刑法」為輔助。

所謂「德教」，簡單來說就是「三綱五常」。「三綱」就是「君為臣綱，父為子綱，夫為妻綱」，這顯然是源自孔子「君君，臣臣，父父，子子」的「正名」之說。就這樣，政權、族權、夫權，再加上神權，代表了全部封建宗法的思想和制度。

而所謂的「五常」，指的是「仁、義、禮、智、信」，這是指一個人不管是為了自身的發展或是社會的進步，都應該擁有的五種最基本的品行。

總之，董仲舒的「天人三策」深得漢武帝的讚賞，儒學從此成為中國社會的正統思想。至今世界各地只要是有華人的地方，都還處處都可看得到其深遠的影響。

發憤著書
司馬遷

（生於西元前145年，卒年不詳，西漢）

司馬遷所生活的年代距離我們今天已經超過了兩千年以上，他不僅是中國歷史上最偉大的史學家，也是一位了不起的文學家和思想家。

司馬遷在五十二歲那年（西元前93年）完成的《史記》，一共一百三十篇，五十多萬字，是中國文學和史學的重要著作，書中有不少開創性的做法，直到今天還是令人深深讚嘆與佩服。

首先，全書分為「本紀」（記帝王）、「書」（記制度）、「表」（記時事）、「世家」（記侯）和「列傳」（記各種人和事）等五個部分，司馬遷採取一種全新的「紀傳體」來書寫史書。所謂「紀傳體」，就是「為人物立傳」，述說某一個人物一生的故事，而關於傳主的選擇則是著眼於這個人物是否在歷史上產生了重要的影響。

比方說，陳勝（生年不詳，卒於西元前208年）只不過是一個雇農，但由於他是秦朝末年第一個登高一呼，然後立刻掀起全國反秦浪潮的人，這對於歷史進程的推進真是非同小可，所以司馬遷不僅為陳勝立傳，還將他列入「世家」裡頭。另，同樣只不過是老百姓，但因為對後世影響深遠而被司馬遷列入「世家」的還有孔子。在世人皆以帝王為尊的封建時代，「為老百姓立傳」是多麼進步的做法。

其次，司馬遷揚棄了世俗「以成敗論英雄」的標準，所以他在為劉邦（西元前256—前195年）寫了「高祖本紀」的同時，也為項羽（西元前232—前202年）寫了「項羽本紀」。

此外，司馬遷在每一篇文章後面都寫了一篇「贊」（就是對傳主進行評論），展現出一位優秀史學家的高度，所謂「成一家之言」。當然，這得需要多大的底氣，而這份底氣又來自於多麼淵博的知識和多麼深刻的思想。

而在引述古籍裡的文句時，司馬遷也經常都是靈活運用，並適時注入自己的思考。譬如，他引用《詩經》中原本只是客觀描寫景物的「高山仰止，景行行止」來評價孔子，並且後面再加上「雖不能至，然心嚮往之」，從此「高山仰止，景行行止」的意思就變成了「德如高山人景仰，德如大道人遵循」；又如，出自〈管子．牧民〉中「倉廩實則知禮節，衣食足則知榮辱」這一句，司馬遷在「管晏列傳」中引用的時候，把「則」改成了「而」，變成「倉廩實而知禮節，衣食足而知榮辱」，意思就是說當百姓的糧倉充足，豐衣足食，才能顧及到禮儀，重視榮譽和恥辱。別小看這小小一個字的改動，因為意思就大不相同了，這表示司馬遷認為「則」這個字用得太絕對了，在他看來倉廩實和衣食足並不是知禮節和知榮辱的必要條件。

什麼叫做必要條件呢？「只有A才會（或是才有、才能）B」，在這種情況之下，A才是B的必要條件，就好像「只有家人同心，才能應付各式各樣的挑戰」，但很多時候儘管物質條件並不是很優渥的人家，同樣有可能知禮節和知榮辱。

司馬遷本人就是這樣的一個例子啊。在他四十七歲那年（西元前98年），他只不過是基於一個史官的正直，為迫不得已投降匈奴的名將李陵（西元前134—前74年）說了一些公道話，結果就被冠上「誣罔主上」如此嚴重的罪名而被判處死刑（「誣罔」就是欺騙）。

按當時的法律，被判處死刑的人，有兩種方式可以免於一死。第一，繳納五十萬錢來贖死；第二，改以「腐刑」（就是閹割生殖器）來代替。在一般人的觀念裡，「腐刑」是比死了還要糟糕的事。司馬遷的家境並不寬裕，拿不出五十萬錢，可是由於《史記》還沒有完成，而《史記》對於他來說又實在是太重要了，這不僅是他自己一生的志業，也是父親的遺願，於是司馬遷忍辱負重接受了腐刑，苟活了下來。

司馬遷是夏陽人（今陝西韓城南），從小就在父親司馬談（約西元前165—前110年）的指導之下習字讀書，十歲就已經能閱讀誦習古文《尚書》、《國語》等等。漢武帝建元年間，司馬談到京師長安（今陝西西安）任太史令一職（就是史官），司馬遷則留在老家繼續過著耕讀的生活，到了十九歲左右才來到京城父親的身邊。

不久，二十歲左右的司馬遷在父親的支持之下，為了準備寫作《史記》，展開一番壯遊。他從長安出發，南下至江陵（今江蘇南京），渡江輾轉至汨羅江（今湖南岳陽）憑弔屈原；再沿湘江（湖南最大河流，為長江主要支流之一）溯流而上，到九疑山（今湖南寧遠），尋訪埋葬上古虞舜的地方；再登廬山（金江西北部），了解大禹疏九江的傳說；之後又北上渡江，過淮陰，到了臨淄、曲阜，考察了齊魯地區的文化，體會孔子留下的遺風；又沿著秦漢之際許多歷史人物的故鄉，以及楚漢相爭時的古戰場……繞了好大一圈最後才回到長安。司馬遷是有史以來第一個注重實地考察、努力蒐集第一手資料來印證史料的史學家，他的精神和用心實在是太了不起了！

在司馬遷三十七歲左右，父親過世。據說司馬談在病重之際，還再三叮囑兒子一定要完成《史記》。

之後司馬遷便繼承父職任太使令，得以遍讀史官藏書，獲得了更好的修史的條件。

《史記》最後一篇文章是〈太史公自序〉，這篇作品既是司馬遷為《史記》所寫的自序，也是司馬遷的自傳；不僅一部《史記》總括於此，司馬遷的一生也備見於此，是後世研究司馬遷及《史記》的重要資料。在這篇文章的最後一段中，司馬遷形容自己寫作《史記》是「發憤之所為作也」，為什麼是「發憤」而不是「發奮」？因為「發奮」一詞的精神層面比較單純，譬如「奮發有為」，可「發憤」則除了鼓勵自己要振作之外，還帶著要衝破某種困境的意思，以司馬遷寧可接受腐刑也要咬著牙繼續寫作《史記》，自然應該是「發憤著書」，也就是說他把所有個人的悲憤、思想和感情統統都傾注在《史記》裡。後世不少學者都說，或許這也就是為什麼司馬遷筆下的人物都能夠那麼有血有肉、動人心弦的原因。

《史記》完成之後沒有幾年，司馬遷便與世長辭了。

王充

博大求實，勇於質疑

（西元27—約97年，東漢）

自董仲舒以後，儒家經學就漸漸被神學化，以至於兩漢時代處處都充斥著神學和迷信的氛圍。這種情況直到將近一百年後，東漢著名的思想家王充才發出擲地有聲的質疑和批判。

東漢差不多兩百年（西元25—220年），王充所生活的年代屬於東漢初年，到了東漢末年，神學、迷信之說已普遍受到大眾的摒棄，整個學術風氣發生了根本的變化，後世學者大多認為這和王充思想對於大眾的啟發，以及經過一百多年的發酵，必然有著一定的關係。

不過，王充的思想不僅在當時被視為異端，也一直被歷代那些所謂的衛道之士所不容，事實上他有好些想法也確實是受到了所處時代的限制，然而即使是在今天看來，王充離世都將近兩千年了，他的思想還是有其相當進步的一面。

我們還是先回過頭來看一下王充主要批判的是什麼。

在董仲舒的學說裡，「天人感應論」是一個最玄的部分，這是基於「天人同類」的觀念作為基礎，其實就是將「天」加以擬人化，把人在精神層面的很多屬性都強加於自然，再倒過來把人說成是自然的摹本，認為人有什麼天也就有什麼，反之天有什麼人也就有什麼。董仲舒的原意是想要勸告為政者實行

「仁政」，但後來很多儒家就愈來愈拿一些天災和所謂的異象，作為向當權派進行看似合法合理政治鬥爭的依據，社會風氣也就日趨迷信。

但王充說「天道，自然也」，把神祕的「天」還原為自然物體，認為天地和世間萬物一樣，都是由「元氣」所構成，而「元氣」只不過是和雲呀煙呀相似的原始物質，是天地萬物的最初本源；同時，人也是自然界的一部分，所以人和萬物一樣，也是「因氣而生」，稟受元氣而成，基於這一點，人和萬物一樣並沒有本質上的不同，只不過人具有知識和智慧罷了。

王充是會稽上虞（今浙江上虞）人。他自述出身「細族孤門」，其實他的祖上還曾經是相當風光的，只不過是一代不如一代。

他從小喜歡安靜，一般孩子喜歡的爬樹、抓鳥、捕蟬之類的遊戲，王充一概沒興趣。在大人眼裡，這個孩子很不一樣。王充從六歲開始認字寫字，從此就熱中於進入書本的世界，非常好學。儘管家貧無書，但是他「常遊洛陽書肆，閱所賣書，一見輒能誦憶，遂博通眾流百家之言」。肆是小店鋪，意思就是說，雖然因為家裡的經濟條件不好，買不起書，他就經常在洛陽一些賣書的小店鋪裡流連，看免費書，由於他天資聰穎，很多書往往看一遍就能夠背誦，就靠著這樣的方式博覽全書，慢慢精通了百家之言，但他從來不死記章句。

從王充的自述（出自《論衡．自紀篇》）可以看得出來，其實他在早期所接受的正規教育仍然是儒家的倫理，主要學習的也都是一些儒家的經典，譬如《論語》、《尚書》等等，與當時一般學子並沒有什麼不同。

東漢的開國皇帝劉秀（即漢光武帝，西元前6—西元57年）本身就是南陽的一位書生，登基之後特別注重文教工作，尤其傾慕儒術。當時位於首都洛陽的「太學」是全國的最高學府以及最權威的學術中心，各地郡縣都會挑選優秀青年進入太學來深造。王充在青年時期也就是因為成績優異而被保送到太學來學習。

入了太學之後，王充「訪名儒，閱百家，觀大禮」，眼界大開，學問大增，初步形成了「博大求實」的學術風格。當然，王充最難能可貴的一個特質就是勇於質疑。

前面我們所介紹的挑戰大儒董仲舒「天人感應論」就是一個典型的例子。此外，王充還有很多思想，在當時眾人看來都是非常驚世駭俗的。

比方說，他反對「奉天法古」的觀念，認為「今人和古人相齊」，意思就是說今天的人們和古人的氣秉相同，古今並沒有什麼差別，總說古人勝過今人是完全沒有根據的；王充也反對傳統儒者「天地故生人」的說法，認為應該是「天地合氣，人偶自生也」，但凡是人，有生即有死，死是再自然不過的事，

「人死血脈竭，竭而精氣滅，滅而形體朽，朽而成灰土，何用為鬼？」簡單來說，就是王充認為一個人的死亡無非就猶如是火滅了而已，既然火都滅了，怎麼可能還會有光呢？他等於是直接否定了「鬼」的存在，破除了民間普遍關於這方面的迷信；王充甚至還否定了長久以來慣有的「帝王都不是凡人，往往都是凡人與龍的結晶」之說。譬如長久以來都相傳堯的母親是與赤龍相感而生堯，漢高祖劉邦的母親也是由於在夢中與蛟龍交感而生劉邦，但王充認為異類根本不能相交，同時，就算是赤龍、蛟龍，龍也不過是獸類，並沒有人高貴，所以，雖然統治者向來都喜歡散布這一類的神怪傳說，表示自己與眾不同，為自己的統治增加合法性和合理性，王充卻指出帝王實際上和我們普通人並沒有什麼不同。

總之，王充運用元氣自然論和很多自然現象，直接否定了「天」與「人」

之間的神祕關係，無異是動搖了封建統治者的基本精神，這樣的思想不被視為異端邪說才怪呢！

儘管王充終身都遭到排擠，但他仍然持續勇敢的表達自己的思想，毫不妥協。他做過幾任小吏，可總是與周遭的人事格格不入，後來都做不下去，便退而教書維持生計。他一生澹泊名利，除了教書，更努力著書，可惜大部分的著作都已散失，幸好《論衡》一書保存了下來。

《論衡》大約是完成於西元86年，當時王充六十歲左右，立論都已相當成熟和系統化，因此這本書應該是他思想的精華。「衡」這個字的本義是「天平」，《論衡》這個書名，用意是——這本書就是評定當時諸多言論價值的天平，目的則是「冀悟迷惑之心，使知虛實之分」，所以王充處處都以「實」為根據，非常直率的來批判種種虛妄之言。

《論衡》現存八十五篇文章，但因其中有一篇僅存篇目，所以實際上是八十四篇。王充和他的《論衡》對後世所產生的影響是難以估計的。

惠能

中國禪宗的實際創始者

（西元638—713年，唐朝）

現代著名歷史學家、思想家和教育家錢穆（西元1895—1990年）曾經說：「唐代之有禪宗，從上是佛學之革新，向後則成為宋代理學之開先，而惠能則為此一大轉捩中之關鍵人物。」

惠能是唐代高僧，世稱「六祖」、「曹溪大師」，是中國禪宗南宗的開創

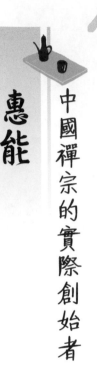

者，同時又被奉為禪宗的六祖。不過，一般都認為惠能應該算是中國禪宗的實際創始人。

他俗姓盧，傳說在他剛剛出生時，就有兩個僧人前來替他取名為惠能；也就是說，「惠能」並不是他日後在出家之後才取的法名，而是從小就叫做惠能。

他出生於南海新興（今屬廣東）。三歲時父親就過世了，跟著母親過著非常貧困的生活。等到惠能的年紀稍微大一點，就開始在市場上賣柴，奉養母親。相傳有一天，惠能無意間在一家客棧旁聽到有人在誦讀佛經，奇怪的是，根本目不識丁的惠能居然一聽就懂，便上前請教讀的是什麼經？那人回答他是《金剛經》，同時還在接下來的閒談間告訴惠能，禪宗五祖弘忍在蘄州黃梅縣（今湖北黃梅）的東山寺傳授佛法。惠能一聽，立即就覺得自己想要去，也應該去跟著五祖弘忍學習，只不過家裡還有老母，怎麼能拋棄老母獨自前往呢？

那人在得知惠能的心願和窘境之後，大方贈給他不少銀兩。於是，靠著這個好心人的資助，惠能安頓好老母親，便在二十三歲這一年（西元661年），經過一番長途跋涉，徒步到了黃梅，找到了東山寺，想要拜見弘忍大師。

弘忍大師為了考驗惠能，問他，像他這樣來自邊遠山村未開化的凡夫俗子怎麼能成佛？惠能平靜的回答，為什麼不呢？人有南北，佛性卻無南北啊。見惠能應答得如此不俗，弘忍大師相當欣賞，但惠能畢竟是一個文盲，弘忍門下又都是自耕自食，只能先安排他到碓房（舂米的作坊）去做些雜活。

惠能這一做就做了八個多月。他做事非常認真，為了踏碓，因為覺得自己的身子太過瘦弱，就在腰部綁上大石頭，結果把自己的腰和腳都弄傷了。弘忍大師來碓房探望他，問他痛不痛？惠能回答：「不見有身，誰言之痛？」弘忍大師聽了，更加覺得這個年輕人相當不凡。

有一天，為了挑選嗣法弟子（所謂「嗣法」，是指弟子對師傅所傳之佛法的繼承），弘忍大師特地把所有的門人都召集起來，令他們各作一偈。（「偈」是一種略似於詩的有韻文辭，通常以四句為一偈）。

弘忍大師有一個得意弟子，名叫神秀，思考再三之後作出一偈，大家看了都紛紛稱讚，都說相當精采：

身是菩提樹，心如明鏡臺；
時時勤拂拭，莫使有塵埃。

過了兩天以後，惠能聽到大家都在念著神秀所作的偈，並不斷叫好，可是他卻有不同的看法，便請人代筆也作了一偈：

菩提本無樹，明鏡亦非臺；
本來無一物，何處惹塵埃。

弘忍大師在看到了惠能的偈之後，認為惠能才是真正深得佛門真義，便於夜半親自為惠能講解《金剛經》，並密授衣缽。

（「衣」指僧衣，就是袈裟，「缽」是僧人用的食具。中國禪宗師徒之間傳授道法，常付衣缽為信，所以叫做「衣缽相傳」，後來世人逐漸把一般傳授思想、學術和技能等等，也都稱為「傳授衣缽」。）

不過，由於神秀「羽翼已成」，弘忍大師便命惠能先回嶺南去隱居。十六年之後，惠能才在南海法性寺遇見印宗法師，隨即踏出重要的一步。在這裡還有一個小故事。一天，當印宗法師正在講《涅槃經》的時候，不時有風吹來，幡也隨之飄動，這時有兩個僧人便開始爭論到底是風在動還是幡在動，惠能上前說：「不是風動，不是幡動，仁者心動。」話一出口，舉座震驚。後來，惠能向印宗法師告知自己的真實身分之後，便由印宗法師為他落髮，從此正式出家。

之後，惠能回到韶州，住在曹溪寶林寺，開始弘揚自己「頓悟成佛」的法門，創立了南宗，與神秀的北宗相對。

惠能認為，眾生皆有佛性，人人皆可成佛。「佛性」又是什麼呢？簡單來說，它是永恆的生命本體，宇宙萬物莫不是佛性的顯現，任何一種生命形態都具有佛性，而任何一種生命形態又不是佛性本身。因此惠能說「不可說」，強調人人都有清淨的佛性，只不過由於種種妄念的遮蓋，佛性才顯現不出來，就好像清澈的天空以及皎潔的明月被浮雲遮蓋了一樣。

惠能還主張「頓悟成佛」。他認為所謂的「明心見性」不是靠刻意的苦行，或什麼特殊的修煉，而是在瞬間與萬物合一。

再舉一個例子，禪宗的「悟」有三層境界：第一，是「落葉滿空山，何處尋行跡」；第二，是「空山無人，水流花開」；第三，則是「萬古長空，一朝風月」。

惠能的禪學思想主要都在《壇經》一書當中；這是歷來唯一一部以「經」命名的中國僧人的著作，可見惠能在中國佛教史上的重要地位。

惠能對傳統佛教的一些革新，在一定程度上也調整了以往出世的佛教與中國封建社會之間所存在的矛盾。自從佛教傳入中國以後，建寺、造像、立塔等總是花費了大量的錢財，經常為人所詬病，而惠能主張「世間若修道，一切盡不妨，常見自己過，與道即相當」、「若欲修行，在家亦得，不由在寺」、「即心即佛，不再注重外在的形式與偶像崇拜」，還改變了「只有布施、造像才能累積功德，獲得福報」等種種觀念。

總之，惠能開創了佛教和禪宗在中土傳播發展的新階段，在中國思想文化史上占有相當重要的一席之地。

鑑於往事，有資於治道

司馬光

（西元1019—1086年，北宋）

司馬光是北宋重要的政治家和史學家，字君實，陝州夏縣（今山西夏縣）人。他出身於官僚士大夫的家庭，在他出生時，父親司馬池（西元980—1041年）正擔任光山縣令，所以給兒子取名為「光」。

司馬光自幼就受到很好也很嚴格的家庭教育。他天資聰穎，據說七歲讀

《左傳》就已經「凜然如成人」，能夠理解書中大意，從此「手不釋書，至不知飢渴寒暑」，也就是形容他讀書讀得手不釋卷，廢寢忘食。司馬光二十歲就中了進士甲科，可說是少年得志，接下來的仕途也非常順遂，直到後來在五十歲那年由於反對變法才被打入了冷宮。

熙寧二年（西元1069年），王安石（西元1021—1086年）為參知政事，開始實行變法的時候，其實只比王安石大兩歲的司馬光堅決反對變法，被視為保守派的代表性人物，兩人多次在宋神宗（西元1048—1085年）面前激烈辯論。簡單來說，司馬光擔心如果變法太急，新法不但不能改變現狀，解決問題，反而還會造成社會動盪，讓百姓不安，所以力主應該採取比較穩妥的方式循序漸進，先用一些切實可行的措施來彌補舊法的不足，再加強用人得當，使得朝廷有什麼政策都能有令必行。

在變法這個事情上，司馬光之所以成為反對派，一方面是基於豐富的史學知識，因為如果以史為鑑，就會發現過去因變法而能夠取得巨大成功的例子確實不多，另一方面當然也是因為他天生就屬於比較穩重的性格。

司馬光沉穩的性格，可以舉一件發生在他小時候的事情為例，當時還有人把這個事畫成了《小兒擊甕圖》（類似於今天的繪本），在東京（今河南開封）和洛陽一帶廣為流傳，講的是有一天幾個孩子一起在院子裡玩耍，其中一個不小心跌進一口裝滿了水的大水缸裡，眼看就要被淹死了，在場的孩子們都驚慌失措，只有司馬光非常鎮定，抓起石頭就朝水缸用力的砸過去，於是，水缸破了，裡頭的水流了出來，被困在裡頭的小同伴也因此得救，免於被溺斃。這個故事使得司馬光近千年以來，一直都被視為「遇事冷靜，機智勇敢」好孩子的代表，甚至被視為神童。

司馬光曾經說，「治國三要」中第一點就是「官人」，意思就是說皇上要能夠任用合適的人為官，把每一個官員都放在最適合的位置上。一心勵精圖治的宋神宗其實就是深懂「官人」，他一方面支持王安石變法，另一方面也支持《資治通鑑》的編纂，讓王安石和司馬光都在最適合的位置上，做著最能發揮自己才幹的事。

事實上《資治通鑑》這個書名就是神宗所賜，取其「鑑於往事，有資於治道」之意（從過去的歷史中尋找可以當作借鏡的事情，來作為施政的參考）。神宗不僅賜書名，還賜序，並贈以兩千四百卷的資料書籍，提供司馬光更為豐富的著書材料。

在與王安石激辯是否應該變法之前，司馬光已經開始負責主持編纂《資治通鑑》的工作，所以在眼看沒有辦法說服神宗之後，他就回頭繼續進行史書編纂的工作。後來，前後經過十九年的努力，《資治通鑑》終於完成，這是中國規模最為龐大的一部編年史，全書一共兩百九十四卷（另外還有「目錄」三十卷，「考異」三十卷，加起來一共就是三百五十四卷了），近四百萬字，貫通古今，上起戰國初期、西元前403年韓、趙、魏「三家分晉」，下迄五代末年宋太祖趙匡胤（西元927—976年）於西元959年滅掉後周以前，前後涵蓋了一千三百六十二年的歷史。

不過，這套巨著之所以能夠順利完成，司馬光有三位得力助手也功不可沒，分別是劉恕（西元1032—1078年）、劉攽（西元1023—1089年）和范祖禹（西元1041—1098年），三人都擁有非常扎實的史學功底。

他們四人依時代先後，先以年月為經，再以史實為緯，順序記寫，對於一些重大歷史事件的前因後果與各方面的關聯都交代得非常清楚，使讀者能夠一目了然。《資治通鑑》的成功，在中國史學史上有著深遠的影響，後世仿效《資治通鑑》體例來作史者不知凡幾，注釋和研究《資治通鑑》也成為一門專門的學問，司馬光更是因此成為繼司馬遷之後中國古代兩位最偉大的史學家，兩人生活的年代相距一千多年，巧得很，都姓「司馬」。

《資治通鑑》完成的時候，司馬光六十六歲，按古代的概念已經是一個老人家。他在上書表中說：「臣之精力，盡於此書。」意思就是說，我所有的精力全部都傾注在這套書裡。過了兩年左右，司馬光就病故了。

在他病故之前，司馬光還做了八個月左右的宰相，一上臺竟然就把王安石的新政不管三七二十一全部廢除，尤其是連那些其實非常合理、而且也已經執行得相當有成效的措施也一律革除，此舉實在太過偏頗，有意氣用事之嫌，這不但是司馬光最被後世詬病的地方，也使他成為中國古代士大夫思想保守的典型代表。

其實，若論為人，司馬光絕對是一個好人，廣受景仰。他孝順父母、友愛兄弟、忠君愛國、剛正不阿、一生誠信，生活又極為儉樸，一輩子都是粗茶淡飯，甚至被奉為「儒家三聖」之一（另外兩聖是孔子和孟子）。

縱觀司馬光的一生，最大的歷史貢獻還是在修史。在政治上最突出的一頁就是強烈反對變法。有學者認為，影響所及，在司馬光過世之後大約四十年發生的「靖康之變」，造成北宋覆滅，司馬光也有無法推卸的責任。

克己復禮

朱熹

（西元1130—1200年，南宋）

朱熹是南宋著名的思想家、理學家、哲學家、教育家和詩人。他在生前並不得志，死後卻備受尊榮。在他過世之後九年，宋寧宗（西元1168—1224年）便詔賜遺表恩澤，「諡曰文」，稱朱熹為「朱文公」，理宗（西元1205—1264年）又「特贈太師，追封信國公」，從此朱熹的學說就愈來愈受到統治階層的重視，成為中國封建社會後期的官方哲學，他的《四書章句集注》也被指定為官方的教科書以及科舉考試的「標準答案」。

事實上，「四書五經」這樣的說法就是從朱熹開始的，他把儒家經典著作的《論語》、《孟子》，以及《禮記》中的〈大學〉和〈中庸〉兩篇，合訂為一部書，定名為《四書》，從此《四書》便和儒教經典《五經》合稱為「四書五經」。

朱熹字元晦，徽州婺源（今江西婺源）人。從小就非常聰明，而且很喜歡思考。在他四歲那年，父親曾指著天，告訴兒子這是天，朱熹就追問：「那在天上有什麼呢？」令父親大感驚奇；六歲時，一天和一群孩子在沙地上玩耍，過了一會兒，只見他一個人神情專注的端坐著，小手不知在地上畫些什麼，大人走近一看，發現這孩子居然是在畫八卦；到了八、九歲時，讀到孟子所說的「聖人與我同類」，想到只要自己努力學習，將來就有可能也成為聖人，頓時「喜不可言」……這些小故事都充分說明了朱熹從小就是一個非常聰慧的孩子。當然，儘管家境不佳，但父親對朱熹嚴格的教育對他自然也有很深的影響。

遺憾的是，在他十四歲那年，父親病逝，臨終前把兒子託付給朋友，從此，朱熹與母親，孤兒寡母便一起過著寄人籬下的生活。少年喪父對於朱熹的打擊很大，但也更加激發他自立自強、發憤苦讀之心，在思想上也比同齡人要成熟不少。

朱熹相當爭氣，在十八歲就中舉，次年就登進士第，真可說是光耀門楣了。不過由於他主張抗金，但反對盲目用兵，認為應該先好好養精蓄銳，這些言論都不為當朝所喜，所以仕途並不順遂，從政時間也不長，只有短短七年多的時間。

朱熹享年七十歲。在他一生當中，從事教育的時間最久，長達至少五十年，即使是在他短暫的從政期間，甚至當他的學說一度被誣為「偽學」的時候都沒有間斷。他每到一處，便積極整頓縣學、州學，恢復了白鹿洞書院（位於今江西廬山五老峰下），創辦了同安縣學等學社及岳麓書院（位於今湖南長沙岳麓山），並親自制定學規、編撰教材。

朱熹主張設「小學」和「大學」，前者屬於基礎課程，後者則要學習治國之道。此外，朱熹還形成一套自己的教學方法，譬如重視實踐和體驗、鼓勵獨立思考、讀書要懂得循序漸進等等，為國家培養了許多知識分子。日後在朱熹過世之後，朱熹很多學生都仿效他的做法，也紛紛在各地講學，對於推動文化教育的發展很有貢獻。

當然，朱熹對於後世最重要的影響力還是在於他是理學的集大成者。

孔子開創的儒學經過一千多年的發展，到了北宋被稱為「新儒學」，也就是「理學」。北宋理學的代表人物是「二程」——程顥（西元1032—1085年）和程頤（西元1033—1107年）兄弟倆，他們都是周敦頤（西元1017—1073年）的學生。說起來，理學應該是從周敦頤開始的，他引用了道家

思想來闡釋儒學，所提出的無極、太極、陰陽、五行、動靜、主靜、至誠、無欲等理學基本概念，都被後世的理學家反覆討論，構成理學範疇體系中的重要內容。

接下來，「二程」吸收了周敦頤的思想並加以發展，提出以「理」做為宇宙的本體，從而為理學建立了思想體系，因此二程可說是理學的奠基人。不過，他們在用理來解釋一切、並進一步要求大家都要去掉欲求的時候，經常會顯得很不近人情。

朱熹與「二程」所處的年代差不多相差了將近一百年，他是「二程」三傳弟子李侗（西元1093－1163年）的學生，不過後來卻「青出於藍而勝於藍」，在學術上的成就超越了他的老師，而被後世與「二程」合稱「程朱學派」。

朱熹把「氣」的概念帶入理學，並且從「理」與「氣」的關係來探討天地萬物的哲學意義；他認為，「理」是萬物的本體，「氣」則是金、木、水、火等構成萬物的材料，這兩者互相依存，「理」先於「氣」，「氣」則依「理」而存在。

朱熹並提出「明天理，滅人欲」的主張，認為這兩者是一種互相對立的關係，「天理存則人欲亡，人欲勝則天理滅」、「聖人千言萬語，只是叫人明天理、滅人欲」，我們學習和修養的目的，就是要學會如何「遏人欲而存天理」，這個過程就是孔子所謂的「克己復禮」，只要能夠戰勝人欲，恢復天理，這就是「仁」。

尤其關鍵的是，朱熹所反對的「人欲」，不像「二程」那麼的冷漠、嚴格和不近人情，譬如朱熹認為飲食等正當的生活要求都是符合天理的，如果要求美味等這一類的欲望才是應該去除的人欲，可以說是針對二程學說的一個重要修正。

由於朱熹在學術上的成就，使他成為唯一不是孔子的親傳弟子、卻能夠享祀孔廟的學者，位列大成殿十二哲者當中，數百年來也受到儒教祭祀，世人尊稱為朱子。在中國教育史上，對後世影響最為深遠的思想家，除了孔子，就是朱熹了。

朱熹的著作很多，除了被欽定為教科書的《四書章句集注》，還有《周易讀本》、《楚辭集注》、《通書解說》等等，後人則輯有《朱子大全》等等。

知行合一 王守仁

（西元1472—1528年，明朝）

在前一篇我們說過朱熹的學說，在他過世之後不久就愈來愈受到統治階層的重視，從南宋末年歷經元朝、明朝一直到清朝的七百年間，一直被官方所推崇。不過，在明代中後期，「陸王心學」曾經一度取代了程朱理學而成為官方哲學，對中國封建社會後期的意識形態產生了巨大的影響，甚至還遠播海外，至今陽明「心學」仍在日本、朝鮮、東南亞有廣泛的影響力。

所謂「陸王心學」，指的是兩位哲學家陸九淵（西元1139—1191年）和王守仁（因別號「陽明」，所以一般也都稱之為王陽明，或「陽明先生」）。陸九淵是與朱熹同時期的思想家，其學說以「尊重德行」為主，世人稱為「象山先生」，而王守仁由於是繼承了孟子、陸九淵一脈的傳統，所以儘管王守仁和陸九淵生活的年代相距了三百多年，後人還是把他們的學說並稱為「陸王心學」。

王守仁，浙江餘姚（今寧波餘姚）人，字伯安。他的家庭相當顯赫，父親王華（西元1446—1522年）中過狀元，官至南京吏部尚書。王守仁是王華的長子，到了五歲還不曾開口說話，與此形成強烈對比的是，他小小年紀卻已能默記不少的書，顯示出不同凡響的資質。

一天，一位高僧經過他家，看到王守仁，摸著他的小腦袋說：「好個孩兒，可惜道破。」意思就是說，這是一個極好的孩子，可惜他的來歷被人道破了。僧人走後，他的父親（也有人說是他的祖父）想到《論語．衛靈公》「知及之，仁不能守之，雖得之，必失之」這句話，然後就為孩子改名為「王守仁」；之前他是叫做「王雲」，因為他的母親懷孕超過十個月才生下他，在出生前夕，祖母夢見有天神抱著一個孩子穿過雲彩從天而降，所以祖父就為這個孩子取名為「雲」，連孩子住的地方也起了一個名字叫做「瑞雲樓」。

說也奇怪，改名之後不久，王守仁就開口說話了。

十二歲時，王守仁正式就讀師塾。隔年，母親過世，這對他來說自然是一個很大的打擊，然而他還是克制住悲傷，依然努力向學。少年時期，王守仁就已表現出不凡的志氣。一次，在與老師討論什麼是天下最要緊的事，王守仁表示：「科舉並非第一等要緊事，天下最要緊的是讀書，做一個聖賢的人」。

當時國家朝政相當腐敗，義軍四起，而發生在他出生之前二十多年前的「土木堡之變」——西元1449年明英宗（西元1427—1464年）北征瓦剌兵敗隨即遭俘事件，更是讓年少的王守仁立志一定要學好兵法，為國效忠。

他還不止是說說而已。王守仁在十五歲時就屢次上書皇帝，熱心獻策該如何平定農民起義。當然是沒有結果。同年，他出遊居庸關、山海關達一月之久，縱觀塞外，心中洋溢著強烈的報國之心。

後來，王守仁在二十八歲那年中了進士。他文武全才，多次鎮壓江西、廣西等地老百姓的暴動，並平定過寧王朱宸濠（西元1479—1520年）的大規模叛亂，封新建伯，官至南京兵部尚書。

然而，王守仁在歷史上最大的貢獻是在學術上的成就，也就是他的哲學思想。他精通儒家、道家、佛家，主張「心即理」、「知行合一」，晚年又創

「致良知」，可以說是明代中後期最具影響力的哲學家。王守仁被後世稱為「心學集大成者」，與孔子（儒學創始人）、孟子（儒學集大成者）和朱熹（理學集大成者），並稱為「孔、孟、朱、王」。

其實王守仁早年也信奉過程朱理學，但總覺得有所不足，不得要領。三十七歲那年，因為反對專權的宦官劉瑾（西元1451—1510年）而被捕下獄，打了四十廷仗，並被貶謫為貴州龍場驛丞。當時龍場這個地方還是未開化地區，但王守仁沒有氣餒，仍然認真、勤懇的做事，積極開化教導當地百姓，頗受百姓的愛戴。同時，在這段期間他也經常日夜靜坐沉思，對《大學》的中心思想有了新的領悟，不僅悟出了「心即理」的道理，也認識到「聖人之道，吾性自足，向之求理於事物者誤也」。於是，王守仁便寫下〈教條示龍場諸生〉，史稱「龍場悟道」。

王守仁認為程朱之學把「心」和「理」分開來是錯誤的，因為這等於是把「理」看做是可以脫離「心」而存在的東西，降低了「心」的作用。

他認為「心即理」、「心外無物，心外無事，心外無理」，「心」和「理」是不可分離的。當時許多官僚士大夫都尊奉程朱理學，但往往說的是一套，做的又是一套，王守仁指出這就是把「心」和「理」分開所產生的弊端，實際上只要往自己的本心下功夫，把心態擺端正，去掉不該有的私欲，做事自然就會符合天理。因此，王守仁所謂的「心」其實就是良知。

他強調，「吾心之良知，就是天理也」，良知是人們心中所固有的，是萬物的根源，是衡量一切是非的標準，人們應該永遠保有良知，使它不受到私欲的蒙蔽。

緊接著，王守仁又提出「知行合一」，反對朱熹把「知」與「行」分開、

「知先行後」的觀點。王守仁認為，「知」跟「行」本來就是一回事，兩者並沒有區別，只不過「知是行之始，行是知之成」，所以，如果我們產生了一個不好的惡念，就必須立即將其掐滅，不能任其發展，因為既然這個惡念（「知」）已經存在，其實就已經是「行」了。

有後世學者猜測，或許王守仁是在多次平定叛亂的經驗中，體悟到「破山中賊易，破心中賊難」的道理，因此主張還是應該從整飭人心入手，加強對於百姓的道德教化，連帶也就有助於維持社會的穩定。

王守仁在晚年提出的「致良知」，是進一步深化了「心即理」和「知行合一」。「致」有「推展到極點」的意思。王守仁認為，儘管良知是天生的，是我們與生具有的道德和是非觀念，「知善知惡是良知」，但是由於種種物欲和私欲的遮蔽，人們就有可能產生一些不道德的行為，所以我們需要透過內心修養盡可能的來擴充善念、克除惡念，從而恢復和保持良知，並且永保良知，這樣就不會做出與良知相違背的行為。

王守仁享年五十六歲。臨終之際，弟子問他有什麼遺言，他只說：「此心光明，亦復何言！」

後來在隆慶時期，王守仁被追贈新建侯，謚號文成。萬曆十二年從祀於孔廟。

天下興亡，匹夫有責

顧炎武

（西元1613—1682年，明末清初）

顧炎武是清代學術的開山之祖，是中國十七世紀中葉傑出的思想家、經學家、音韻學家和史地學家，與黃宗羲（西元1610—1695年）、王夫之（西元1619—1692年）並稱為明末清初的「三大儒」。

他是江蘇昆山人，本名顧絳，字忠清。明朝滅亡以後，因為仰慕南宋文天祥（西元1236—1283年）的學生王炎午（西元1252—1324年）的為人，所以改名為炎武（又作「炎午」）。然後又因故居旁有亭林湖，因此學者都尊其為「亭林先生」。

清末民初的學者梁啟超（西元1873—1929年）在其代表作《中國近三百年學術史》中曾說：「我生平最敬慕亭林先生為人……但我深信他不但是經師，而且是人師。」「亭林先生」指的就是顧炎武。

顧炎武有一個挺特別的母親。在他小時候，就過繼給去世的堂伯為嗣，守寡的堂伯母王氏年紀很輕，才十六歲，就這樣成了顧炎武的「嗣母」（這是過去舊社會那些本族本姓親屬沒有子女、而過繼給他們做子女的，就稱其過繼的母親為「嗣母」）。王氏獨力撫養顧炎武長大成人。她喜歡看書，為了生計，總是白天紡織，只能晚上再看書，經常看至二更才休息，一有時間就給兒子講岳飛（西元1103—1142年）、文天祥這些忠義之士的故事。顧炎武日後成為一個如此有氣節的文人，和他在童年受到的薰陶應該也有一定的關係。

顧炎武七歲入家塾，十四歲取得「諸生」（就是秀才），當時是明朝最後一位皇帝——崇禎皇帝（西元1610—1644年）在位。接下來，顧炎武連考十四年屢試不中。到了西元1641年（明朝滅亡的三年前），二十八歲的顧炎武眼看國家岌岌可危，猛然覺醒，決心不再往科舉之路求發展，於是退而讀書，不再應考。

西元1644年，「闖王」李自成（西元1606—1645年）率眾攻入北京，崇禎皇帝在煤山自縊，明朝滅亡。明朝宗室及文武大臣遂紛紛南逃，後來陸續成立了好幾個政權。翌年，清兵入關，顧炎武立刻加入抗清的行列，不久便在昆山縣令的推薦之下，投入南明弘光政權任兵部司務。他取道鎮江要去南京就職，然而，同年五月，他還沒到南京，清兵就已大舉南下，占領了南京，弘光帝朱由崧（西元1607—1646年）被俘（在位僅八個月），弘光政權覆滅。

緊接著，隨著清軍撲向蘇、杭，江南各地抗清義軍四起，三十二歲的顧炎武也毅然加入了其中一支起義軍，參與了實際的戰鬥。失敗之後，他潛回故鄉昆山參與守城，可是沒幾天昆山還是失守了，死難者達四萬多人，其中包括顧炎武的兩個親弟弟，生母何氏的右臂則被砍斷。

顧炎武享年六十九歲，從三十二歲開始，在往後長達三十七年的時間他就一直一邊祕密從事反清活動，一邊做學問。尤其是從清順治十二年（西元1655年），在顧炎武四十二歲那年，由於獲悉有人將舉報他與沿海反清勢力有所勾結，顧炎武被迫棄家北遊，此後二十多年間，他一直往返於山東、河北、山西等地，進行大量的實地考察和金石考古工作，以及著書立說。

總之，顧炎武一生恪守嗣母王氏「不仕二朝，不做二臣」的遺訓（王氏自己是在明朝滅亡以後就絕食殉國，也是一位非常剛烈的女子）。顧炎武多次拒絕清朝的招撫，態度之堅決，一直到晚年都沒有改變。在康熙十七年（西元1678年），顧炎武都已經六十五歲了，康熙皇帝（西元1661—1722年）開博學鴻儒科，特意想招明朝遺民，顧炎武仍然毫不動心，對友人表示「耿耿此心，終始不變」，以死堅拒推薦。

四年之後，顧炎武在上馬時不慎失足、嘔吐不止，沒幾天就突然過世了。

顧炎武小時候就經常手不釋卷，在中年以後長達二十多年四處飄零的歲月裡，他出門時總是騎著一頭跛驢，再用兩匹瘦馬馱著幾箱書。顧炎武隨時都在做學問，騎在驢上沒事的時候，他總是默誦諸經注疏；如果到了什麼偏遠的地方，也一定會停下來考究當地的地理山川和風土人情。他就是這樣毫不間斷

的勤學，而且是真正的「行萬里路，讀萬卷書」，最終成為一位學問淵博的大家。

如前所述，顧炎武在學術上所取得的傲人成就是多方面的，現在我們就只重點介紹一下他的治學之道。

顧炎武治學，與其社會政治思想緊密相連，簡單來說，就是「崇實致用」。所謂「崇實」，就是「修己治人之實學」，「致用」則是「探尋國家治亂之源、生民根本大計」。「崇實」和「致用」兩者相輔相成，構成了顧炎武的實學思想。也就是說，他的治學是以「明學術，正人心，撥亂世，以興太平之事」為宗旨。顧炎武一生不斷激烈批評那些空談心性的虛無縹緲之論，對於矯正明末清初空疏不學之風，做了一番卓越的貢獻，無怪乎會被稱為「清代學術的開山之祖」。

同時，他在深刻思考明朝由盛而衰，再由衰而亡的整個過程之後，竟然大膽懷疑向來被視為神聖不可侵犯的君權，並進一步提出為了國家的強盛，為了治世救民，「應該實行『眾治』、反對『獨治』」的主張，充滿著寶貴的現代民主思想。

此外，顧炎武不願意做一個只會風花雪月的文人，也不屑於做一個只會搖頭晃腦背誦經典的腐儒，他說：「君子為學，以明通也，以救世也，徒以詩文而已，所謂雕蟲篆刻亦何益哉！」因此不斷呼籲「天下興亡，匹夫有責」。

想想顧炎武畢生的學術活動，總是把有關於民生利弊的實學放在非常重要的地位。這種處處以國事為己任的精神，確實是知識分子該有的一種崇高的境界。

中國近代思想啓蒙之父
黃宗羲

（西元1610—1695年，明末清初）

黃宗羲是明末清初非常傑出的啟蒙思想家，對於中國近代啟蒙思潮產生了明顯的積極作用。

黃宗羲是浙江餘姚人，字太沖，號南雷，別號梨洲，世稱「梨洲先生」。在他出生前夕，母親曾經夢見麒麟入懷，所以黃宗羲的乳名就叫做「麟兒」。

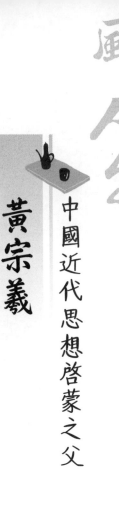

麒麟自古就被視為神獸，相傳麒麟出沒的地方必有祥瑞，後來「麒麟」一詞有時也會被用來比喻那些才能出眾，尤其是德才兼備的人。

長大以後的「麟兒」，果真符合了這樣的形容。

他的父親黃尊素（西元1584—1626年）是萬曆年間的進士，也是「東林黨」著名領袖。東林黨這個詞裡雖然有一個「黨」字，但不是現今所說的政黨，而是明朝末年以江南士大夫為主的一個政治集團。黃尊素因彈劾當時掌權的宦官魏忠賢（西元1568—1627年），隨即遭魏忠賢陷害下獄，受酷刑而死。父親的慘死，對身為長子的黃宗羲自然是一個很大的打擊，這年黃宗羲才十六歲。

翌年（崇禎元年，西元1628年），由於崇禎皇帝之前對於魏忠賢專斷國政，以至於造成很多百姓「只知有忠賢，而不知有皇上」的現象早已非常不

滿，因此一登基就立即打擊懲治以魏忠賢為首的「閹黨」，過去遭閹黨迫害的一些冤案也陸續平反，魏忠賢自縊身亡。但年輕的黃宗羲認為這些都還不夠，仍上書請誅閹黨餘孽。同年五月，刑部會審，黃宗羲在出庭對證時，突然從衣袖中拔出一根錐子當眾痛擊那些惡人，還拔他們的鬍鬚回去祭奠亡父，被眾人稱為「姚江黃孝子」，崇禎皇帝也嘆其為「忠臣孤子」。

又過了一年左右（崇禎二年，西元1629年），「復社」在蘇州成立，這也是一個同樣以江南讀書人為核心，屬於民間性質的政治和文學團體，以「興復古學」、「東林後繼」（東林黨繼承人）為號召，並且注重砥礪品行，關心時政，成員多半都是些青年士子，後來發展成為全國性的組織，人數最多的時候達到了兩千多人。我們前一篇介紹的顧炎武也參加過復社（他的年紀和黃宗羲相仿，只比黃宗羲小三歲），顧炎武後來自述在年少時參加復社的經歷對自己有很大的影響，不僅大大的開拓了他的眼界，也激發了他對於研究現實問題的興趣。

復社成立不久，黃宗羲就加入了，並且很快就成為其中的領袖人物。

明朝滅亡以後，隨後清軍入關，三十五歲的黃宗羲也立刻積極招募義軍進行反清復明的行動，失敗以後便長期過著流亡生活，屢遭清廷通緝，曾亡命舟山群島，甚至還遠赴過日本。直到大約十一年後（西元1656年），四十六歲的黃宗羲才退居家鄉，一直從事學術活動，除了在紹興、寧波、慈溪、海寧等地設館講學之外，就是勤奮的著書立說，直到以八十五歲高齡辭世為止。在長達近四十年的學術生涯中，清廷雖然多次徵召，黃宗羲都堅辭不出。

和顧炎武一樣，黃宗羲在學術上的成就也是多方面的，一生著作多達五十幾種，至少三百多卷，他不僅是了不起的思想家，也是傑出的史學家、經學家、教育家、地理學家、天文曆算學家。我們現在也只著重介紹一下他的政治思想，這是他被後世稱為「中國近代思想啟蒙之父」的主要原因。

黃宗羲的政治理想主要集中在《明夷待訪錄》一書當中，這和他另一具有劃時代意義的哲學史專著《明儒學案》，都是寫於康熙二年至十八年（西元1663—1679年），也就是黃宗羲在五十三歲至六十九歲這段期間。

《明夷待訪錄》一書共十三篇，核心精神是強烈質疑和批判了自秦漢以來的君臣和君民關係，也就是百姓習以為常的「家天下」的專制君主制度。

關於君臣關係，黃宗羲嚴格區分了「臣」與「僕妾」應有所不同；他認為「僕妾」只不過是君主的私僕，但是「臣」就應該「以天下為事」，為君之師友，君臣應該是共同治理天下，謀求人民的福祉。黃宗羲也對向來被視為理所當然的「殺身以事其君」的傳統道德觀念進行批駁，認為既然臣不是「為君而設」，所追求的應該是百姓的利益，那又何必為君而死呢？

更教人咋舌的是黃宗羲關於君民關係的看法。他認為從秦漢以來的君主都是「視天下為莫大之產業」，這是不對的，實際上應該是「天下為主，君為客」，「天下之治亂，不在一姓之興亡，而在萬民之憂樂」，因此他主張應該以「天下之法」來取代「皇帝的一家之法」，也就是要限制君權，保障老百姓的基本權利……這不就是現代的民主精神嗎？想想黃宗羲是生活在三百多年前的古人，在當時那樣的封建社會，能提出如此進步的思想，簡直不是「大膽」一詞可以形容，對後世反專制思潮的推進自然也產生了一定的作用。

黃宗羲的《明儒學案》則開創了中國史學上一種叫做「學案體」的新體裁，就是以學派分類的方式來介紹特定時代的學術史，這種體裁被清代文人所沿用，成為此後編寫中國古代學術史的主要方式。全書一共立案十九個、六十二卷，講述了兩百多位學者，是中國有史以來第一部內容豐富又非常系統化的哲學史專著。

黃宗羲大半生治學勤奮，就連晚年病重時也未懈怠。他對生死問題也看得很淡，特別叮囑家人在他死後，喪事務必一切從簡，不作佛事、不做七七等等。在臨終前，他曾在給孫女婿的信中寫道：「年紀到此可死；自反平生雖無善狀，亦無惡狀，可死；於先人未了，亦稍稍無歉，可死；一生著述未必盡傳，自料亦不下古之名家，可死。如此四可死，死真無苦矣。」

四天之後，黃宗羲就這麼瀟灑的與世長辭了。

王夫之

中國古典哲學的終結者

（西元1619—1692年，明末清初）

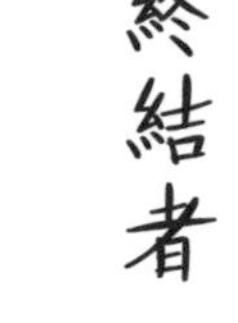

在明末清初的「三大儒」、「三大思想家」——顧炎武、黃宗羲和王夫之三人當中，王夫之的年紀最小；他比顧炎武小六歲，比黃宗羲小九歲。由於都是身處於明末清初這個動亂的時代，這三個書生無一例外都參與過反清復明的武裝行動。

王夫之字而農，號姜齋，又號夕堂，湖廣衡州府衡陽縣（今湖南衡陽）人。王夫之出生的時候，父親已經五十歲，母親四十七歲，對他的父母來說算是老年得子。他三歲就開始跟著長兄學習，六歲就已完成了十三經的學習；長兄可說是王夫之的啟蒙老師。

七歲那年，父親自國子監畢業（「國子監」是元、明、清三代由國家設立的最高學府和教育行政管理機構），因為拒絕賄賂選官，被罷選返鄉。所以九歲以後（這時已是崇禎元年），王夫之就開始跟著父親學習經義，由父親親自教導。

十三歲那年，王夫之中了秀才，湖廣提學僉事（當地負責掌管教育的官員）很欣賞王夫之的才學，就推薦他進入衡陽縣學。翌年，王夫之與兩位兄長一起赴武昌參加鄉試，結果三兄弟都落榜了。

又過了一年，十五歲的王夫之跟隨叔父開始學習作詩，展現了他在這方面的天分，被湖廣前後兩任提學僉事都列為歲試一等的第一名。

在接下來的幾年當中，王夫之的生活重心就是學習和應試。十九歲那年還曾經就讀於長沙岳麓書院。到了崇禎十五年（西元1642年）十一月，二十三歲的王夫之和長兄一起北上參加會試，可這時由「闖王」李自成所帶領的農民起義行動已發展得如火如荼，北上道路被阻，兄弟倆只好放棄會試，隔年春天自南昌而返。

同年十月，另一位與李自成齊名的農民起義軍領袖張獻忠（西元1606—1647年）率眾經過湖南，攻克了衡州，因為聽說王夫之頗有才幹，想邀他入夥，竟把王夫之的老父親抓起來作為人質，想迫使王夫之就範，王夫之遂刺傷自己的臉和手腕，偽傷救出其父。

此時的大明王朝已在崩潰邊緣。僅僅相隔半年多，崇禎十七年（西元1644年）五月，二十五歲的王夫之就聽聞崇禎皇帝在煤山自縊，明朝滅亡，非常悲憤，當下便作了〈悲憤詩〉一百韻，可惜後來都散失了。

清兵入關之後，王夫之也曾經在家鄉舉兵抗清，失敗後就前去廣東肇慶投奔南明永曆政權，做過小官，可眼看南明永曆政權腐敗無能，年輕的王夫之心急如焚，上書要求改革，結果遭到當權派的迫害，差一點就丟了性命。後來王夫之便回到湖南，隱居在衡陽的石船山，著書研究長達四十多年，直到辭世為止。王夫之享年七十三歲，後人稱其「船山先生」。他終身沒有剃髮，始終是一個明朝的遺民。

王夫之非常博學，不但精於史學、文學、經學，對天文、地理、曆法、數學等等也都很有研究，著作也很多，經後人編為《船山遺書》。不過，王夫之成就最大的領域應該還是在哲學，後世許多學者都將他稱之為「中國古典哲學的終結者」。

王夫之的哲學，大致有以下幾個特點：

·反對宋儒道學中「存天理，滅人欲」的觀點——王夫之認為，「存天理」是離不開人欲的，天理就在人欲當中，因此人欲需要合理的滿足，不能只是簡單粗暴的要一概消滅。

・反對朱熹「知先行後」的觀點，同時對王守仁「知行合一」的觀點又提出了「行可兼知」的看法——王夫之認為，王守仁所謂的「知行合一」，其實是把「行」歸入了「知」當中，但實際上「知」和「行」應該是完全統一的，與其說把「行」歸入了「知」，還不如說在「行」當中可以包含「知」。

・對由來已久專制主義的思想內涵發出強烈的批判——王夫之說，「其上申韓者，其下必佛老」，意思就是說，之所以會形成封建專制主義，「申韓」法家思想在其中起了很大的關鍵作用，所謂「申韓」指的是戰國時期兩位法家的代表性人物申不害（西元前385—前337年）和韓非子（約西元前280—前233年），王夫之認為就是因為統治階級的專制才會導致人們對佛老之說的重視，佛老之說成了人們逃避的出口。

其實早在西漢司馬遷（生於西元前145年，卒年不詳）的《史記》中，有一篇〈老莊申韓列傳〉，是先秦道家和法家的四位代表人物——老子、莊子、申不害和韓非子的合傳，這就表明在當時就是認為法家思想乃是從道家而來，但道家不是佛老之說。很多人總覺得佛老之說好像跟道家差不多，實際上佛教講一切皆空，道家講無為而治，兩者並不相同，王夫之認為佛老之說對於促進社會的進步是有害的。

·歷史必然是向前發展的，也就是「理勢合一」——「勢」的形成是由於「時」，「時」就是變化，所以社會歷史永遠都是處於變化和前進當中，只是這個變化往往又有一種內在的規律性。而對個人來說，我們也該清楚的認識到一切都是在不斷變化的，而變化的方向又是向前的，所以應該注重把握現實，從現實出發，不斷的完善自己，這麼一來就「人人都可以『造命』」，一個人只要能夠「定志」，儘管每個人先天性的部分不同，先天性當然也很重要，但每個人對於自己的命運還是具有很大的自主性。

這種充滿了積極進取的思想，後來引起了廣泛的迴響。即使是在今天看來，也還是很值得肯定的。

梁啟超

「百科全書」式大家

（西元1873—1929年，清末—民國）

梁啟超的壽命不長，只在人間行走了五十六個年頭，但他的人生真是無比的充實，對後世的貢獻也很大。首先，他被公認是清末一位極其優秀的學者，博學的程度更使他被譽為是一位「百科全書」式大家，同時，他還是一位極少數在退出政治舞臺後，還能在學術研究上取得巨大成就的人物，尤其是對於近

代史學的影響，他更成為新史學的奠基人。

梁啟超，字卓如，號任公，別號滄江，使用過的筆名中最出名的是「飲冰室主人」，所以後來在梁啟超辭世六十年後（西元1989年），由中華書局出版的梁啟超的著作，就叫做《飲冰室合集》。

梁啟超是廣東新會人，出身於一個書香門第的家庭，祖父是秀才，父親也是一位飽讀詩書的鄉紳。梁啟超六歲就開始在父母辦的私塾中讀書，八歲就能寫作八股文，九歲就能寫出長達一千字、而且品質還不錯的文章，被譽為神童。

兩年後，年僅十一歲的梁啟超就中了秀才，十六歲又中了舉人，此時擺在梁啟超面前的似乎是那個時代一個讀書人典型的光明前程，因為大清從乾隆、嘉慶兩朝以降，知識分子的出路就愈來愈窄，似乎只能通過科舉「學而優則仕」，否則就幾乎沒有什麼出人頭地的機會。然而，就在全家都對這個孩子寄予厚望的時候，翌年秋天，十七歲的梁啟超碰到了人生一個重要的轉捩點——他見到了康有為，隨即拜其師，並且很快就成為康有為的得意門生。

梁啟超接受了康有為的改良主義思想，甚至青出於藍，以至於中國近代史都是將師生兩人以「康梁」並稱，這是相當少見的現象。甚至如果以「近代啟蒙思想家」的身分來看，梁啟超的成就顯然要超過他的老師康有為。這個我們稍後會再做介紹。

光緒二十一年（西元1895年），二十二歲的梁啟超隨康有為赴北京參加會試。當中日簽訂《馬關條約》的消息傳到北京時，群情激憤，康有為、梁啟超便聯合各省在京應試的一千多名舉人一起上書朝廷，請求變法圖強，這就是史上著名的「公車上書」。

（為什麼叫做「公車上書」？這也是有典故的。遠在漢朝的時候，很多地方都用公家的車馬來接送應徵入京的士人，所以後來人們就用「公車」一詞作為「舉人入京應試」的代稱。）

隔年，二十三歲的梁啟超便和志同道合的友人在上海創辦《時務報》，並擔任主編，積極鼓吹和推進維新運動，成為當時維新派一股很重要的力量。

西元1898年，二十五歲的梁啟超入京，協助康有為變法，參與了變法運動，然而僅僅百日之後，變法失敗，梁啟超流亡日本。在日期間，他還是拿起了筆繼續奮鬥，初編《清議報》，繼編《新民叢報》，九年以後又在東京組織新聞社，堅持立憲保皇，成為保皇黨的中堅分子，受到一連串來自以孫中山（西元1866—1925年）為首的民主革命派的批判，雙方經常發生論戰。

有意思的是，在辛亥革命之前，就在這樣的論戰中，梁啟超創造了一種嶄新的文體，介乎古文與白話文之間，行文簡潔流暢，筆端又常帶感情，使得無論是知識分子或是普通老百姓都很願意接受。梁啟超還是有史以來第一個在文章裡使用「中華民族」一詞的人，又從日文漢字中吸收了很多新的詞彙，譬如我們現在都已經習以為常的「經濟」、「組織」等詞，都是始於梁啟超。

更重要的是，在流亡日本的十一年期間，梁啟超用他的新文體在《清議報》和《新民叢報》上發表了一百多篇文章和專著，非常有系統且相當全面的介紹西方文化，包括哲學、政治學、社會學、經濟學等等，在當時的中國知識界和學術界都產生了巨大的影響，後世學者普遍都認為梁啟超這些作品開啟了一代人的智慧。事實上梁啟超確實多次表示，自己是以「開通民智、改造國民思想品德為己任」。

清末（西元1909年），梁啟超回國擔任保皇的共和黨領袖，這年他三十六歲。接下來，他又花了九年的時間參與了民國初年的一些政治活動和社會活動。在這段期間最值得一提的，應該是在「五四運動」時期梁啟超倡導文體改革，提倡白話文，主張「詩界革命」和「小說革命」，他尤其肯定小說的價值，認為小說是改良社會，教化人民的關鍵因素。

在梁啟超四十五歲那年（西元1918年），慎重其事的發表了一篇從此將放棄一切政治活動的宣言。之後他果真就專心從事講學、著書等學術活動，成就斐然。

梁啟超一生勤奮，就算之前在政治、社會活動占去他不少時間和心力的情況之下，他也沒有鬆懈筆耕，一生著述非常豐富，至五十六歲辭世為止，各種著述總計多達一千四百多萬字，這真是一個非常驚人的數字。

何況梁啟超所涉獵的領域又是如此之廣，無論哲學、文學、史學、法學、經學、倫理學等等，都有相關論著，所以才會被後世稱為是一位「百科全書」式學術大家。而梁啟超在史學方面的貢獻更是亮眼。西元1902年，梁啟超著《新史學》，提出「史界革命」的口號，倡導進化論，認為歷史研究的最終目的應在於求得歷史發展的規律性，同時治史應以求新為本，對於傳統的「帝王中心論」、「正統觀」等等都進行了系統的批判。晚年他又很重視研究中國學術史，所著《清代學術概論》、《中國近三百年學術史》等等，都在中國學術史的領域裡有著舉足輕重的地位。梁啟超被稱為是「新史學的奠基人」，真是實至名歸。

愛國詩人 屈原

（約西元前340—前278年，戰國末年）

屈原本名叫做屈平，「原」是他的字。他是戰國時代楚國的政治家，也是一位詩人。在六十二年的人生中，他在政治上是失意的，然而正是由於這種巨大的挫敗，成就了他在文學上無與倫比的地位，再加上屈原高尚的人格以及終身不渝的愛國之心，後世均稱他為偉大的愛國詩人。

屈原所處的戰國末年，正是諸侯國之間戰爭頻仍、競爭最激烈的時候。在戰國七雄當中，經過商鞅變法的秦國固然實力最強，可是楚國也還是一個大國，如果主政者足夠英明，未必不能和秦國抗衡。屈原一生的悲劇，就在於他明明是一個很有才幹的人，也一心想要報效祖國，偏偏先後遇到的兩位國君都非常的昏庸糊塗，總是缺乏判斷，輕易的聽信讒言，以至於屈原不僅政治抱負無法實現，還兩次遭到流放。

然而，即使遭到如此不公的待遇，屈原也仍然抱持著一線希望，不肯離開楚國，總期盼著有一天還有機會回到國都，和國君共同奮鬥。直到西元前278年，當時被流放在外的屈原在得知都城郢（今湖北江陵）已被秦軍攻破，在悲憤絕望之餘遂抱著一塊大石頭投汨羅江而死，以死殉國。臨死之前，還發出了「舉世皆濁我獨清，眾人皆醉我獨醒」的感慨（出自〈漁父〉）。

屈原出身貴族，在二十多歲的時候就已顯露出卓越的政治才能，再加上擁有極高的文采，頗受重用，在楚懷王（約西元前355—前296年）時做過「左徒」和「三閭大夫」，這都是相當顯要的位置，這段時期應該是屈原一生最為意氣風發的時候。然而在屈原大約三十六歲那年，因為反對「親秦反齊」的外交政策，屢次直言勸諫，惹惱了楚懷王，而遭到了放逐，被放逐到都城北邊的漢水上游（今湖北鄖、襄一帶）。屈原在外大概至少有四、五年，才得以回到郢。屈原的代表作〈離騷〉就是在這個時期所作的。

梁啟超曾說：「屈原是中國文學家的老祖宗」。確實如此，從屈原開始，中國才有以文學在歷史上留名的作家，而且屈原還開創了「楚辭」這種文體，被譽為「辭賦之祖」、「中華詩祖」，同時也成為中國浪漫主義文學的奠基人。

屈原作品的出現，具有多重重大的意義。首先，這是一個中國詩歌從集體歌唱進入到個人獨創的新階段；其次，過去不管是《詩經》或是南方的民歌，大多是短篇，屈原的〈離騷〉一篇就有兩千四百多字，而且過去的詩歌大多都是四個字（譬如《詩經》中「窈窕淑女，君子好逑」、「高山仰止，景行行止」等等），可是屈原卻突破這樣已行之有年的格局（《詩經》是中國古代詩歌的開端，蒐集了從西周初年至春秋中葉，也就是從西元前十一世紀至前六世紀之間一共三百多篇作品，和屈原生活的年代至少相距兩百多年到七百多年），屈原作品每一句的字數不等，短則三個字，長則十個字，句法也參差錯落、靈活多變，句尾多用「兮」、「之」、「乎」、「夫」、「而」等虛字亦是他的特色，既可用來協調音節，還可造成跌宕起伏的效果（譬如出自〈離騷〉的「路漫漫其修遠兮，吾將上下而求索」），總之，屈原的作品無論從內容到形式都有很大的創新。

當然，屈原作品的風貌之所以和《詩經》明顯的不同，與長江、黃河流域的民風不同也有關係。當時北方早已進入宗法社會，而楚地還保留著氏族社會的遺風，比較不為禮法所拘束，思想也比較活潑，然而在這樣的土壤之上，屈原個人極為出色的創造力還是令人非常驚嘆。

除了〈離騷〉，屈原的傑作還有〈九歌〉、〈九章〉、〈天問〉等等，在這些作品裡，屈原善於用一系列「比興」手法來表情達意。所謂「比興」手法，通俗一點來講就是一種譬喻的方式，並且以某一種譬喻來達到旨意有所寄託的目的，比方說，屈原會以鮮花、香草來比喻品行高潔的君子，以「佩戴香草」來象徵詩人的品德修養，再以臭物之類來比喻奸佞或是變節的小人……如此被後世稱為「香草美人」的比興手法，使得現實生活中一切的美醜、善惡乃至於忠奸，都產生了一種言簡意賅又入木三分的效果。

以屈原作品為主體的楚辭，是中國浪漫主義文學的源頭之一。《楚辭‧離騷》也和代表現實主義的《詩經‧國風》並稱「風騷」，意思是說兩者同樣被視為中國詩歌發展的源流，對後世中國文學影響深遠。

（順便一提，「風騷」一詞，俗語中經常被用來形容舉止輕佻，行為放蕩，但如果形容某人在某一塊專業領域居於領先地位，大家又會用「獨領風騷」來讚美，在這個時候「風騷」一詞就變成是正面的意思了。）

在屈原過世七十幾年以後，大漢王朝定都關中，而不斷傳習和發展的楚辭也逐漸影響了北方的文學，北方文學遂逐漸的「楚化」，日後新興的五言、七言詩其實都和楚辭有關。可以說大凡漢代的賦作家無不受到楚辭的影響。

值得一提的是，儘管屈原的政治生涯多半都是處於失意的狀態，在楚頃襄王（西元前329—前263年）時他第二次遭到放逐，被趕到距離都城更遠、更為荒涼的楚國南疆（今湖北省南部和湖南省北部一帶），但屈原始終沒有放棄希望，因此他的作品總是充滿著積極向上的浪漫主義精神。同時，他一方面將自己的政治理想融入詩作，另一方面由於在流放期間，有了更多接觸老百姓的機會，也給了他更多的觸動；當屈原看到老百姓的生活是那麼的困苦時，彷彿就忘記了自己的不幸，而對老百姓表達了發自真誠的關心和同情。繼〈離騷〉之後，〈九歌〉、〈九章〉等傳世詩篇都是在這個時候所完成的。

賦聖和辭宗
司馬相如

（約西元前179—前118年，西漢）

「賦」是漢代最重要的文學形式，司馬相如則是漢代最重要的漢賦作家，被後人稱之為「賦聖」和「辭宗」。從屈原為代表的楚辭，經過一百多年的發展，到了西漢以司馬相如為代表的漢賦，可以說完成了一個「從詩到非詩」、也就是「辭體散文化」的過程。

兩漢作家絕大多數都很佩服司馬相如。就連同一時代的偉大史學家司馬遷也不例外。在司馬遷的《史記》裡，專為文學家立的傳只有兩篇，一篇是〈屈原賈生列傳〉，「賈生」指的是西漢初年的賈誼（西元前200—前168年），屈原和賈誼雖然分屬不同的時代，但兩人的際遇相當類似，都是在政治上不得志，還因忠被貶，可是在文學上成就非凡，所以司馬遷便把他們同列於一篇；而另外一篇為文學家立傳就是〈司馬相如列傳〉，由此就可看出司馬相如在司馬遷心目中的分量，更何況司馬遷還全文收錄了司馬相如的三篇賦和四篇散文，以至於〈司馬相如列傳〉的篇幅足足是〈屈原賈生列傳〉的六倍之多！

根據《史記》的記載，「司馬相如」這個名字是他自己取的。古人常常故意替孩子取一個所謂的「賤名」，譬如大狗子、小狗子之類，覺得這樣孩子會比較好養，不易夭折，司馬相如的乳名（或者是名字）正是「犬子」，他長大以後大概是覺得實在難登大雅之堂，就自己取了「相如」這個新名字。靈感來源則是因為他非常仰慕戰國時代趙國著名的政治家藺相如（生卒年不詳）的為人。

司馬相如出生於蜀郡成都（今屬四川），少年時期很喜歡讀書和練劍。在二十多歲、漢景帝劉啟（西元前188—前141年）在位時期，曾經捐得一個郎官（就是用錢換了一個官職），做了武騎常侍，這是皇帝近侍護衛之一。這段時期司馬相如是相當落寞的，因為他擅長的是辭賦，不善武藝，但景帝對辭賦完全不感興趣。

不過，漢景帝的同母胞弟劉武（生年不詳，卒於西元前144年），也就是梁國諸侯王梁孝王，對文藝倒是很有興趣。一回，梁孝王來到都城長安，隨行的好幾個文士和司馬相如相談甚歡，於是司馬相如就毅然辭去那個做得很沒勁的武騎常侍，投奔至梁國，參與文學圈內的聚會，寫下了日後非常著名，被視為司馬相如代表作之一的〈子虛賦〉。

西元前141年，景帝去世，十五歲的武帝劉徹（西元前156—前87年）即位，司馬相如終於時來運轉。因為這位剛剛登基的少年天子愛好辭賦，讀過〈子虛賦〉，認為詞藻富麗、結構宏大，非常欣賞，但一直以為是古人之作，還發出一番感慨：「朕獨不得與此人同時哉！」意思就是說，多遺憾啊，不能跟這麼厲害的作家處於同一個時代，要不然我就可以見見他了！剛巧司馬相如有一個成都老鄉在武帝身邊侍奉，立刻就稟告：「此賦是我的同鄉司馬相如所作。」武帝一聽，這才知道原來自己心儀的作家，竟然還真的就是跟自己處於同一時代！真是萬萬沒想到啊！大喜過望之餘，立刻就召司馬相如進京。

入京之後，司馬相如對武帝說，〈子虛賦〉所寫的只是諸侯王打獵的事，不算什麼，請武帝允許他再作一篇關於天子打獵的賦，武帝當然是欣然同意。於是司馬相如就作了一篇在內容上與〈子虛賦〉相接的〈上林賦〉，後來同樣成為司馬相如的代表作，不僅更有文采，而且一方面歌頌了帝國強盛的形象，另一方面又對統治者有所諷諫，總之就是以維護國家統一，反對帝王奢侈為主旨。〈上林賦〉一出，司馬相如馬上就被武帝封為郎。這年司馬相如三十八歲左右。

〈上林賦〉的主旨也成了漢賦的一個基本主題。

「郎」雖說是在皇帝身邊做侍衛，實際上是一個磨練的階段，一般經過一段時間的歷練之後都會被任命為正式的行政職位。

元光五年（西元前130年），在司馬相如四十九歲時，武帝因為開發西南夷受阻，派遣司馬相如為特使，司馬相如首度奉使西南。翌年，司馬相如拜中郎將，再度奉使西南。「通西南夷」成了司馬相如政治生涯中頗為光輝的一頁，為漢代的西南開發做出了貢獻。

此外，司馬相如的一生還有一件事極為後世所熟知，那就是他與卓文君的愛情故事。因為兩人是中國歷史上第一對正式載入史冊、屬於自由戀愛而結合的夫妻。當時其實正是司馬相如非常潦倒的時候，因為在梁國寫出〈子虛賦〉以後，儘管受到眾口交讚，可惜好景不長，梁孝王一死，司馬相如回到成都時簡直就是一貧如洗，不得不依托擔任臨邛令的舊友。一次，當地富人卓王孫（生卒年不詳）得知縣令有貴客，特意設宴想要結交，司馬相如原本不想去，但拗不過縣令親自來請的盛情，只好勉強去了。卓王孫有個女兒卓文君（西元前175—前121年），是一個才女，十六歲時結婚，後來因丈夫過世而返回娘家居住，久仰司馬相如的文采，那天宴會時就從屏風外一直偷看他，司馬相如假裝沒注意到，可稍後當他受邀彈琴時，便乘機彈了一曲〈鳳求凰〉，暗中向卓文君傳達愛慕之意，結果當天夜裡兩人就私奔了。

想想司馬相如和卓文君都是生活在兩千多年以前的人，居然如此大膽的追求愛情，著實特別。

卓文君也有不少詩作，譬如〈白頭吟〉一詩當中，「願得一心人，白頭不相離」，直到現在還經常會被引用。

陶淵明

不爲五斗米折腰

（約西元365—427年，東晉—南北朝）

陶淵明，又名潛，字元亮，潯陽柴桑（今江西九江）人，世號「靖節先生」。他的生卒年有爭議，但可以確定是生活在東晉末年一直到南北朝的宋朝初期，享年六十二歲左右。東晉滅亡那年，他大約五十五歲。陶淵明的文學成就主要在詩歌和散文。南朝著名的文學批評家鍾嶸（約西元468—518年）在

《詩品》中稱陶淵明為「古今隱逸詩人之宗」，不僅如此，他還首開「田園詩」的流派，是中國歷史上第一位田園詩人，對後代無數詩人都產生了巨大且深遠的影響。

陶淵明的曾祖父是東晉名將陶侃（西元259—334年），後世對他印象最深的應該是「陶侃搬磚」的故事；那是在平定了一場動亂之後，陶侃被封了大官，過起了文官似的生活，於是他就每天早晨把一百塊磚頭從屋內一一搬到院子裡，晚上再把這些磚頭搬回屋內，人家問他為什麼要做這種白費工夫的事，陶侃回答是為了自我鍛鍊，提醒自己不能長期過著養尊處優的日子，否則安逸的日子過久了，哪天再上沙場的時候只怕就不能勝任了。

陶淵明的祖父和父親也都做過太守一類的官，所以最初他的家境應該還不錯，直到八歲左右父親過世，家境就逐漸沒落，十二歲左右庶母（指父親的妾）也死了，同父異母的妹妹這時才九歲，生活益發艱難。到了他二十歲左右，家裡就非常貧困了（陶淵明在詩中曾形容「弱年逢家乏」），所以陶淵明從小就經常要做很多粗活，非常辛苦，還不一定能夠保障基本溫飽。

不過，他自幼就用心研習儒家經典，在東晉那個老莊盛行的年代，也受到道家思想的薰陶，可以說同時具有道家和儒家兩種修養。他性格恬靜，從小就很喜歡親近大自然。

陶淵明是一位真正的隱者。在他一生當中，除了幾次短暫為官之外，大概有五十多年的歲月都是在家鄉過著耕讀的隱士生活。尤其是在他四十二歲左右辭去彭澤縣令之後，就再也不曾出仕。而這個彭澤縣令他只做了短短八十幾天，辭職的原因在旁人看來也是很突然，甚至不可理解。

事情是這樣的。一天，郡裡派了官員要來對他進行考核，辦事員特意告訴陶淵明，按規矩他必須穿上官服，盛裝隆重相迎，而從不巴結上司，對官場那一套繁文縟節和虛情假意向來不以為然的陶淵明一聽，頓時就嘆了一口氣，「我豈能為五斗米折腰向鄉里小兒！」說罷，當天他就以要為妹妹奔喪為由辭職了。這就是「豈能為五斗米折腰」的典故。

〈歸去來兮辭〉就是陶淵明在辭去彭澤縣令以後所作，全篇感情豐富真摯，文辭又非常流暢和優美，被許多學者一致推崇為是文學史上一篇不可多得的抒情小賦。北宋大文學家歐陽修（西元1007—1072年）甚至如此評價：「晉無文章，唯陶淵明〈歸去來兮辭〉一篇而已。」

陶淵明現存的詩歌一共一百二十多首，大部分都作於他中年以後。他寫得最多的是五言詩，主要成就也表現在這些五言詩裡。陶淵明在詩中描繪了優美的田園風光，也歌詠了參與勞動以及與友人來往的愉悅，筆觸是那麼樣的清新

自然，毫不造作，讓人深深感受到他是真正熱愛大自然和自由自在的耕讀生活。

譬如他的代表作《歸園田居五首》組詩，就是很好的例子。第一首寫自己離開官場隱居田園，就像籠中的鳥兒飛回樹林，池中的魚兒游回深潭，先流露出對官場強烈的厭惡，再寫到田園風光的美好動人；第二首寫鄉居生活的寧靜，同時也表現出恬淡的心境；第三首細膩生動的描寫了對於農田勞動的體驗，洋溢著愉快的氣息以及對於歸隱的自豪；第四首加深對於農活的熱愛，堅定表明自己歸隱的決心絕不會是五分鐘熱度；第五首則講述在忙完農活之後那種怡然自得、心滿意足的心境。陶淵明感情真摯，語言又是那麼的樸實無華，完全沒有刻意雕飾的痕跡，和魏晉時期所流行的那些文風虛浮，一味追求形式，大多都是用四字或六字句對偶排比的駢體文相較（所謂「駢四儷六」），陶淵明的作品不僅風格突出，還更能打動人心，引起共鳴。

作為一個文人士大夫，在熱愛田園和勞動之餘，又自然流露出不喜隨波逐流的高尚節操，這樣的內容和思想感情，過去在文學史上從未出現過，因此陶淵明的詩作才會顯得如此意義重大。

而陶淵明的散文，數量雖然不多，但也都寫得清新而饒有情趣，其中〈五柳先生傳〉和〈桃花源記〉都是他的傳世之作。前者是陶淵明仿《史記》紀傳體所寫的一篇人物傳記。在這篇文章中因「宅邊有五柳樹，因以為號」的「五柳先生」、「好讀書，不求甚解」、「閑靜少言，不慕榮利」、「喜飲酒，家貧，但安之所素」……無疑處處都有陶淵明自己的影子。

而〈桃花源記〉更是一篇無論從內容到寫作技巧都是一篇奇文，文學和社會意義都很高，民國著名的作家兼學者梁啟超也非常推崇〈桃花源記〉，說這是「在唐朝以前第一篇小說，在文學史上是極有價值的創作」。

這篇短短三百多字的文章，本是〈桃花源詩〉的序，在如此小巧的篇幅中，陶淵明用極為精練的文字，極具音樂性的節奏感以及極為動人的想像力，具體生動的地描繪出一幅理想社會的生活面貌，在這裡不但民風純樸，沒有剝削和壓迫，老百姓的生活都非常安定和愉快……〈桃花源記〉對後世文學、思想的啟迪都極為深刻，「桃花源」這個詞也成了一個象徵意義十足的符號，代表著一個美好的「烏托邦」，令人心生嚮往。

詩仙 李白

（西元701—762年，唐朝）

唐朝一共兩百八十九年（西元618—907年），後人所說的「盛唐」，指的是從初唐一直到唐玄宗（西元685—762年）的開元和天寶年間，也就是在大唐建立之後一百多年的時間，在這段時期，由於唐朝初年唐太宗（西元599—649年）採用「偃革興文，布德施惠，中國既安，遠人自服」的治國方針，革除

隋末許多弊政，勵精圖治，制定出涉及政治、經濟和軍事等等一整套完整的制度，影響所及不僅社會安定，生產也迅速恢復，經濟日益繁榮，在這樣的情況之下，文化自然也就非常昌盛，特別是詩歌創作更是盛極一時，而李白正是這個時期傑出的代表人物。

李白出生在遙遠的西域邊疆，祖籍隴西成紀（今甘肅秦安）。出生前夕，母親夢見金星（又名太白星）墜入懷中，因此為兒子取名為白，字太白。根據記載，李白在小時候也做過一個特別的夢，夢見自己手中的筆頭開了花，據說這意味著才華橫溢，後來果真如此。

他出身富商之家，大約五歲的時候，全家從西域長途跋涉遷回內地，定居在今天的四川省江油縣青蓮鄉，所以後來他就自號「青蓮居士」。大約在二十五歲之前，李白一直在蜀中生活。他從小天資聰穎，學習刻苦，除了研讀儒家和道家經典，其他領域的涉獵也很廣，特別是深受司馬相如等人浪漫氣質的影響。他的性格瀟灑豪放，同時又充滿著積極進取的精神。

大約從二十六歲以後，李白離開蜀中，以湖北安陸為中心開始漫遊，一連十幾年，他到過洞庭、廬山、金陵、揚州、安徽、洛陽、太原等地，一方面飽覽祖國的大好河山，另一方面也在遊歷的過程中不斷的結交朋友。李白的詩作熱情奔放，本人也相當喜歡結交朋友、重視友情，在他的詩歌中有不少都是贈友人之作，都寫得情意感人。而且從李白也願意跟普通人交遊就可以看出他為人毫不勢利。譬如在後來安史之亂爆發前夕，李白曾經到過安徽涇縣，主要目的是想遊覽當地著名的景點桃花潭。當地一位名叫汪倫的人，早就十分仰慕李白，聽說他要來，興奮得不得了，專門釀好美酒等待。不久，李白要走了，臨別時刻，汪倫在岸邊唱著歌依依不捨的送他，令李白十分感動，當即就寫下一首傳頌千古的七言絕句〈贈汪倫〉：

李白乘舟將欲行，忽聞岸上踏歌聲。
桃花潭水深千尺，不及汪倫送我情。

李白的詩歌成就主要是表現在樂府詩、五言古詩、七言古詩和絕句等四個方面。李白的樂府詩很多，有不少雖然都是擬古題，但絕對不是老調重彈，而是充分發揮了自己的創意以及個人風格，譬如〈蜀道難〉、〈長干行〉、〈梁甫吟〉等等都屬於這樣的作品。

他又非常善於從民歌、神話之中吸收營養，想像力奇特大膽，音律多變但又非常和諧，總之無論從內容到形式都可以說是完美的統一，達到盛唐詩歌藝術的巔峰。

李白的五言絕句深得樂府民歌的傳統，清新樸素，因此得到普遍傳頌，譬如這首大家都很熟悉的〈靜夜思〉：

床前明月光，疑似地上霜。
舉頭望明月，低頭思故鄉。

這首作品創作於唐玄宗開元年間，當時李白二十六歲左右，是外出遊歷時在揚州一家旅店所寫。所謂「靜夜思」，就是在安靜的夜晚所產生的思緒。詩人想到了什麼呢？簡單的說，詩人想家了。

短短四句，大意是這樣的：明亮的月光啊灑在窗戶紙上，恍惚之間，彷彿地上泛起了一層白色的霜。我不禁抬起頭來，看那天窗外空中的一輪明月，不由得低頭沉思，想起了遠方的家鄉。

作品裡雖然沒有奇特的想像，也沒有華麗的辭藻，只是用平實的文字，在看似平淡和不經意間深刻寫出了思鄉之情，千百年來一直是李白最膾炙人口的思鄉佳作之一，始終牢牢牽動著無數異鄉人的心。

李白也寫了一些屬於新樂府的作品，對唐代文壇稍後興起的「新樂府運動」產生了先導性的作用。就連唐代新起的律詩，李白也寫得很好，譬如他的七律作品〈鸚鵡洲〉，格律工穩，情景交融，也是名作。不過整體來說，李白的律詩寫得不多，後世學者認為，李白之所以律詩作品不多，當然不是因為他不會寫，應該是他不大願意寫，因為李白的性格比較豪放不羈，不大願意受到格律的束縛也是不難想像的。

李白不是沒有報效國家、「學而優則仕」之心，然而也正是因為他不拘小節的性格，即使在四十二歲那年應召到長安做翰林供奉，可是僅短短三年左右就被賜金還鄉了。

不過，值得一提的是李白在天寶初年剛到長安的時候還無人賞識，一時非常困頓，不久之後能有機會做翰林供奉，是出於知名詩人賀知章（約西元659—744年）的推薦。當賀知章讀了李白的〈蜀道難〉，不禁驚嘆道：「這個李白，真是謫仙人啊！」很快的，「謫仙人」這個稱號就不脛而走，李白因此名噪一時，再加上他從小學道，詩文中也有濃厚的道家思想，所以後來大家就把他稱為「詩仙」。

離開長安以後，從四十五歲左右開始，李白再次展開漫遊，這次大約前後為期十年。當安史之亂爆發的時候，李白正隱居在廬山，他愛國心切，立刻從軍，入永王李璘（生年不詳，卒於西元757年）幕府，沒想到沒過多久就因永王李璘圖謀割據，李白也被牽連入獄，多虧名將郭子儀（西元697—781年）力保才免遭死刑（安史之亂主要就是靠郭子儀平定的），後來被流放至夜郎。

李白晚年流落江南，靠他人接濟為生，後患病而死。一顆耀眼的文壇巨星就這麼隕落了。說「文壇」而不說「詩壇」，是因為後世學者都認為其實李白的散文也寫得很好，只不過由於他的詩名太高而往往很容易被大家所忽略。

詩聖 杜甫

（西元712—770年，唐朝）

唐朝著名詩人韓愈（西元768—824年）曾經說：「李杜文章在，光焰萬丈長」，所謂的「李杜」，指的是李白和杜甫。確實，李白是唐朝最了不起的浪漫主義詩人，杜甫則是唐朝最偉大的現實主義詩人，兩人並稱，代表著唐代詩歌的最高標準。

後來世人為了將他們與另外兩位晚唐同樣並列的傑出詩人李商隱（西元813—858年）和杜牧（西元803—約西元852年）有所區別，就將李白與杜甫稱為「大李杜」，而將李商隱與杜牧稱為「小李杜」。

李白比杜甫年長十一歲，兩人有過三次相會，是文壇的千古佳話。儘管他們的性格不同，李白比較豪放，杜甫比較內斂，但基於對詩歌創作的熱愛，每次會面都還是相談甚歡，按杜甫詩作中的形容就是「醉眠秋共被，攜手日同行」，簡直就像是親兄弟一般，而兩人之間的切磋，不僅促進了彼此的創作更趨成熟，對於唐朝詩歌的發展也都具有非常重要的意義。在最後一次會面之後，杜甫前前後後一共寫了十幾首詩來懷念李白。

杜甫，字子美，祖籍是湖北襄陽，自稱「少陵野老」。他出身書香門第。受惠於不錯的家庭條件，杜甫從小就有機會受到各種文化藝術的薰陶，這對他日後的詩歌創作有很好的影響。當然，杜甫本身從小就聰明伶俐，七歲的時候就能作詩，也是屬於神童級別的孩子，到了九歲能書大字，十四歲時就更不得了，已經能和文士（當然都是一些成年人）「相應酬」，意思就是說能夠參加一些文人的活動，和這些文人在一起吟詩作對。

杜甫年少時也很喜歡遊歷，曾先後遊歷過吳越和齊趙等地。他有一首相當著名的〈望嶽〉，裡頭「會當凌絕頂，一覽眾山小」的詩句流傳千古，不僅寫出了泰山的雄偉，也意味著不怕困難，勇於攀登絕頂然後俯視一切的氣概，表現出杜甫

在年少時就有不凡的抱負。

這自然和他自幼受到的教育有著密切的關係。

李白受到道家的影響頗深，杜甫的一生則主要是受到儒家思想的影響，書上說他出身於一個「奉儒守官」的家庭，其中這個「儒」指的就是儒家思想，尤其是「仁民愛物」的思想。杜甫生活在大唐王朝由盛而衰的巨變時期，在他三十五歲以前正值開元盛世，國泰民安（日後杜甫在作品中形容的「開元全盛日」），也經歷了安史之亂、生靈塗炭的整個過程，杜甫的詩歌如實又生動的反應出唐朝由盛而衰的轉變，因此不僅他的詩作被稱為「詩史」，也被後世尊稱為「詩聖」。

杜甫有報國之心，但一直苦於沒有機會。在三十五歲那年他曾經來到長安參加科舉考試，但當時因為朝政已經相當汙濁，奸臣李林甫（西元683—753年）當道，竟然不讓任何一個人及第，還向唐玄宗上表謊稱「野無遺賢」，意思就是說在民間已經沒有什麼人才了。不過，杜甫仍不死心，留在長安想要繼續謀求機會，就這樣在長安過了十年困頓的日子。杜甫的詩作明顯走向現實主義也就是從三十五歲以後，困頓長安開始的。由於生活困難，使他更能體會到底層老百姓的痛苦，也更能注意到一些嚴重的社會問題。

在安史之亂中，杜甫終於做到了「左拾遺」一個小官。「拾遺」是諫官，常伴皇帝左右，是一個級別低但地位高的職務，唐代有不少重臣都是從這個職務升上去的，這是杜甫一生政治生涯的最高點，可是沒過多久杜甫就因正直敢言而獲罪。之後，他拖家帶口從長安流落到秦州（今甘肅天水），又從秦州逃難到成都，再到夔州（今重慶奉節），最後漂流到湖南，病死在耒陽。在一路逃難的過程中，還有兒女活活被餓死，非常悲慘。

在杜甫四十五歲到四十八歲這段期間，是安史之亂鬧得最凶的時候，國家岌岌可危，杜甫用詩作揭露了大唐王朝的腐敗，表現出濃厚的愛國主義，以及對老百姓發自內心的憐惜和同情，譬如「國破山河在，城春草木深」、「烽火連三月，家書抵萬金」（均出自〈春望〉）都是名句。在這一個階段中，杜甫達到了現實主義藝術的高峰。

杜甫最為難得的就是他發自內心的一種仁心。儘管自己長時期顛沛流離，生活艱難，但他始終心繫著國家、心繫著老百姓，把自己的命運跟廣大的老百姓緊緊的聯繫在一起，並且始終憂心著國家的安危。比方說，在四十七歲那年年底，他棄官來到成都，在成都西郊蓋了一所草堂，一回寫下「安得廣廈千萬間，大庇天下寒士俱歡顏」的詩句（出自〈茅屋為秋風所破歌〉），字面意思大致是：「要怎麼樣才能得到千萬間寬敞高大的房子，能普遍地庇護天下間貧寒的讀書人，讓他們都能開顏歡笑呢？」實際上這正是杜甫抒發憂國憂民的情懷，並自然流露出他能夠處處想到老百姓的博大胸襟和崇高理想。

就連最後飢寒交迫在一條小舟上，臨終前夕，杜甫仍用盡力氣寫下「戰血流依舊，軍聲動至今」的絕命詩句（出自〈風疾舟中伏枕書杯三十六韻奉呈湖南親友〉），這種到了生命最後關頭都仍時時刻刻以國家和百姓為念的精神著實令人敬佩。

杜甫的著作有《杜少陵集》二十五卷，為後人留下了一千四百多首詩作。雖然杜甫在世時名聲並不顯赫，但隨著時光流逝卻益發凸顯出他的價值，對中國文學、甚至日本文學都產生了深遠的影響。

韓愈

唐宋散文八大家之首

（西元768—824年，唐朝）

韓愈是唐朝重要的思想家和文學家。雖然他也是政治家，但仕途並不能算是很順遂，一生大起大落好幾次，可是在思想和文學方面的成就卻很高。

首先，就思想家的身分，在宋儒的心目中，普遍認定孔孟之下便是韓愈，尤其是韓愈在儒學式微，釋、道盛行之際，「力辟佛老」（盡力避免佛老之

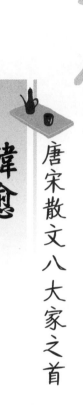

說），以倡導古文運動的方式致力於復興儒學，一開始眾人都不能理解，大驚失色，到了中期則是有人取笑有人排斥，然而到最後卻形成追隨者眾的現象。到了北宋中葉，韓愈在文壇不可動搖的地位就已確定，成為古文運動的先驅，也被尊為「唐宋散文八大家之首」。

韓愈字退之，河南河陽（今河南孟州）人，因郡望為昌黎，所以自稱韓昌黎，世稱「昌黎先生」。

（「郡望」一詞是「郡」與「望」的合稱，前者是行政區劃單位，後者是名門望族，這兩個字連用，表示是某一地域或範圍之內的名門大族。）

他出身於仕宦之家。父親為武昌令，頗受當地百姓愛戴，文章也寫得不錯，有三個兒子，韓愈是最小的一個。在韓愈三歲那年，不幸父親就過世了，從此韓愈就由長兄來撫養。長兄也從政，在韓愈十歲那年，長兄因事被貶為韶州刺史，隨即搬遷，韓愈自然一同前往。沒想到不久長兄也死了，韓愈便隨寡嫂北歸河陽老家居住。嫂嫂待韓愈很好，視若親生，辛勤栽培，讓韓愈很有「長嫂如母」的感覺。日後當嫂嫂過世的時候，韓愈還特別為她守喪了五個月，報答嫂嫂的養育之恩。

因為知道自己是孤兒，父母都不在了，嫂嫂又對自己悉心撫育，韓愈從小就非常自覺的刻苦學習，表現也很不凡，七歲就能寫文章，等到年紀稍長就盡通六經百家之學。二十四歲，韓愈登進士第，兩任節度推官（在唐末和五代這都屬於藩鎮幕職官），然後因功升官至監察御史。

監察御史是負責監察百官、巡視郡縣、糾正刑獄、肅整朝儀等事務，需要為人正直者來擔當，照說韓愈是一個理想的人選，然而諷刺的是，後來正是因為他的正直和認真，反而因論事而被貶陽山，後來又起起伏伏做過一些像史館修撰、中書舍人等職（「中書舍人」主要負責起草詔令，多以有文學聲望的人來擔任）。

四十九歲那年（西元817年），韓愈出任宰相裴度（西元765—839年）的行軍司馬（協助處理軍務），參與討平「淮西之亂」。

淮西戰爭發生在唐朝中葉，起因是淮西節度使叛唐自立，稱王稱帝，前後持續了三十多年才被平定，影響所及，河北諸藩鎮亦先後歸唐，唐王朝一度重歸統一。此時韓愈應該算是比較順遂的，淮西之亂被平定之後，他因功升為刑部尚書，這是官署刑部的主官。

偏偏沒過多久，在韓愈五十一歲那年（西元819年），因為向唐憲宗（西元778—820年）上了一篇〈論佛骨表〉，堅決反對唐憲宗計畫要拜迎佛骨這一迷信活動，也鮮明的顯示出韓愈「反佛明儒」的立場，惹惱了唐憲宗，又被貶至潮州。

不過，〈論佛骨表〉這篇文章因為結構嚴謹，邏輯性很強，再加上韓愈說古道今、旁徵博引，感情又很充沛，後來還成了韓愈的代表作之一。

晚年，韓愈官至吏部侍郎（主管丞相御史公卿之事），所以人稱「韓吏部」。西元824年，韓愈病逝，享年五十六歲，追贈禮部尚書，諡號「文」，所以世稱「韓文公」。到了北宋元豐元年（西元1078年），也就是在韓愈過世兩百多年以後，他又被追封昌黎伯，並從祀孔廟。

韓愈的作品非常豐富，現存詩文七百多篇，其中散文近四百篇。除〈論佛骨表〉之外，〈師說〉、〈原道〉、〈進學解〉等等也都是他的代表作，著有《韓昌黎集》等。

如前所述，韓愈是古文運動的倡導者，主張繼承先秦兩漢散文的傳統，反

對專講聲律對仗而忽視內容的駢體文。他以扎實的古文功底、敢作敢為的性格，使南北朝以來所倡導的古文運動登上了高峰。同時，韓愈還提出不少關於散文寫作的重要理念，包括「文道合一」（「道」是內容，「文」是形式，要用「道」來充實文體）、「氣盛言宜」（指作家要注重自身道德修養的培養，只要境界高，在發言和著述時，無論用詞長短或聲調高下就均能合宜）、「務去陳言」（應該竭力避免陳腔濫調）、「文從字順」（文章應力求通順，並且把中心思想表達清楚），以及要求文章的內容必須來自現實，也就是所謂的「人之於言也亦然，有不得已者而後言，其歌也有思，其哭也有懷」，意思就是說，一個人說話也是如此，有了不得不說的事就要說出來，唱歌是因為有了思慮，哭泣是因為有所懷念等等。這些散文寫作理論，對於後世的散文寫作具有很高的指導意義。

而「文道合一」這個理念，由於韓愈認為「道」是目的，「文」是手段，「道」的內涵又是仁義，無形之中又為北宋理學的興起奠定了基礎。

此外，韓愈擅長以詩為文，把寫文的手法自然巧妙的融入詩中，又在詩的句法、章法、韻等方面做了些改動，這些技巧，使得和韓愈年齡相仿的詩人白居易（西元772—846年），以及北宋幾位傑出的文學家譬如歐陽修（西元1007—1072年）、黃庭堅（西元1045—1105年）、蘇軾（西元1037—1101年）等人也都從中受到了啟發和影響。（歐陽修和蘇軾同屬「唐宋散文八大家」之一。）

以清爲美
范仲淹

（西元989—1052年，北宋）

范仲淹是北宋名臣，一生政績相當不錯，文學成就也很突出。他在傳世名篇〈岳陽樓記〉中不僅規勸好友「不以物喜，不以己悲」，所倡導的「先天下之憂而憂，後天下之樂而樂」的節操和思想，也深深影響了後世許多仁人志士。

有趣的是，其實范仲淹並未親自登過岳陽樓。

位於湖南的岳陽樓和湖北的黃鶴樓、江西的滕王閣並稱為「江南三大名樓」，岳陽樓面對著偌大的洞庭湖，正當湖水入江之處，每當清晨和傍晚，景色格外迷人，氣象萬千，從唐朝開始就有許多文人雅士包括李白、杜甫、李商隱等等，都曾在此流連忘返，而文人的「到此一遊」就是在岳陽樓寫下了成百上千的佳句，其中以李白「水天一色，風月無邊」的對聯最為著名。范仲淹有一個好友，名叫滕子京（西元990—1047年），也是一個有理想、有抱負的人，偏偏因受到排擠而被貶到了岳州，不過，他並沒有懷憂喪志，仍然苦幹實幹，僅僅過了一年，就在岳州做得有聲有色，還主持重修了岳陽樓，然後寄了一幅《洞庭秋晚圖》給范仲淹，請范仲淹寫一篇文章，結果范仲淹果真就憑著這幅圖，借景喻情，還非常自然的融入了自己的民本思想，完成一篇佳作，這就是〈岳陽樓記〉。藤子京收到之後，特意將文章刻在了岳陽樓上。

范仲淹字希文，吳郡吳縣（今江蘇蘇州）人。他的先祖相當顯赫，曾經做過唐朝的宰相，世居邠州（今陝西一帶）。到了高祖（曾祖父的父親）這一輩時，才隨著當時唐朝的皇帝渡江南下，任麗水（今浙江西南部）縣丞，當時中原正發生兵亂，所以范氏一家遂定居吳縣。到了五代十國時期，他的曾祖父和祖父均在吳越做官（吳越是「十國」、十個南方割據政權之一），父親范墉（生年不詳，卒於西元990年）早年也在吳越為官，宋朝建國以後就追隨吳越王一起歸降大宋，任徐州（今江蘇）節度掌書記。西元989年，范仲淹就是出生在父親徐州的官舍裡。

沒想到在他出生隔年，父親就突然病死了。范墉為官清廉，突遭不幸，家裡一點積蓄都沒有，後來妻子謝氏是在官府及好心人的協助之下，才將丈夫的靈柩從徐州運回蘇州老家，安葬在范氏的祖塋（就是墳地）。

後來，母親謝氏在貧困交加的情況之下，為了生活，不得已帶著年幼的兒子改嫁給一位姓朱的男子，兒子也因此改名叫做朱説。在二十六歲之前，他一直都是叫做朱説。

當年父親過世時，他年紀還太小，對於那一段悲慘的日子自然不復記憶，直到二十二歲才得知家世，非常傷感，便毅然辭別了母親，前往南都應天府（今河南商丘）求學，投師在著名的教育家戚同文（西元903—976年）的門下。經過幾年的寒窗苦讀，他已能博通儒家的經典要義，並且已經頗有孟子所説「窮則獨善其身，達則兼濟天下」之心（意思就是説一個人如果不得志，就好好的修養自己的品德，如果有一天發達了就要造福天下百姓）。

西元1015年，二十六歲的朱説參加科舉考試，從一個普通的「寒儒」成了進士，被授了官職，很快就把母親迎來贍養，這才改回本名范仲淹。

范仲淹享年六十三歲。他一生擔任過不少職位，都做得很不錯，是一個很有能力的人，卻總是由於秉公直言而屢遭貶斥。即便如此，范仲淹也始終如一，堅持原則。有一個很具代表性的例子，是在他四十歲那年（西元1029年），當時雖然宋仁宗（西元1010—1063年）已即位七年左右，但朝政仍被章獻太后（也就是劉太后，仁宗的親生母親）所把持，這年冬至，十九歲的仁宗準備率領文武百官在大殿為太后祝壽，但范仲淹認為這樣的做法不妥，就上疏仁宗（「上疏」是在朝官員專門上奏皇帝的一種文書形式），認為皇上如果要盡孝心，只要在內宮行家人禮儀就可以了，如果率領文武百官一起朝拜太后，是混淆了家禮和國禮。不僅如此，范仲淹竟然還上書太后（「上書」就是進呈書面意見），請求太后還政於仁宗。

友人得知此事都大驚失色，批評范仲淹此舉實在是太過魯莽輕率，搞不好會惹來殺身之禍，而且他們還都很害怕會受到牽連，范仲淹就嚴正聲明自己的立場，表示「侍奉皇上當危言危行，絕不遜言遜行、阿諛奉承，有益於朝廷社稷之事，必定秉公直言，雖有殺身之禍也在所不惜！」

所謂「危言危行」是指說話正直，保持正直的品格，那「遜言遜行」自然就是與此相反。

翌年，范仲淹主動請求離京為官。不過，在接下來三年左右的時間裡，儘管已經遠離權力中心，但范仲淹在認真做事之餘，還是不改憂國憂民的本色，仍然經常上疏宋仁宗，提出種種關於內政的寶貴意見。這些上疏雖然幾乎都沒有被朝廷所採納，但是范仲淹的一片赤誠還是打動了宋仁宗。西元1033年，劉太后駕崩，宋仁宗終於可以親政了，就召范仲淹入京，拜為右司諫。「司諫」是負責掌道德教化，發掘民間賢才，並考核鄉里治績。

這個工作似乎很適合范仲淹，因為他本身就是以繼承和發揚儒家正統教育思想為己任，把「興學」當作是培養人才、救世濟民的根本手段。同時，他也非常重視文章的政治教化作用，主張文學關係到社會風俗，甚至是國家的興衰，是政治清明與否相當重要的一部分。因此，范仲淹反對宋初文壇的柔靡之風，提出了宗經復古、文質相救、厚其風化的文學思想，對於宋初文風的革新產生了積極的作用。

范仲淹的散文多以書信和政疏為主，邏輯嚴密，總是有很強的說服力。他的詩歌存世的有三百零五首，內容非常廣泛，有的是在遊山玩水時歌頌祖國大好河山，有的是抒發自己的政治抱負，也有的是誠懇關注民生，真心實意的關心老百姓。作品中不僅都很自然的流露出范仲淹高尚的人格，而且都詩意醇厚、語言真摯，藝術手法多樣，「以清為美」的特點非常突出（簡單來說就是追求簡約和淡雅）。與此同時，范仲淹還大力批判宋初詩壇盲目模仿、又總喜歡無病呻吟的不良風氣，主張詩歌創作要忠於生活現實，不講空話，與當時流行的文體呈現出迥然不同的風格，成為當時詩歌從唐末之風轉向宋朝風格的重要一環。

蘇軾

全方位的大才子

（西元1037—1101年，北宋）

蘇軾字子瞻，眉州眉山（今四川眉山）人，祖籍河北欒城。號「東坡居士」，世人都喜歡稱他為「蘇東坡」，感覺更為親切。

他在二十歲那年就考中了進士，當時是宋神宗（西元1048—1085年）在位。西元1069年，王安石變法在神宗全力支持之下正式展開不久，此時三十二歲的蘇軾因為寫詩嘲諷，結果被彈劾入獄，這就是著名的「烏台詩案」。蘇軾在獄中待了三個多月，飽受折磨，差一點就丟了性命。出獄以後，他被貶到黃州（今湖北黃岡）任職。說是「任職」，其實只不過是空有一個官銜，實際上日子非常窮困，為了餬口，蘇軾還得親自下地耕種。不過，儘管如此，生性瀟灑曠達、率真不羈的蘇軾不以為意，仍然在東邊山坡上的茅屋裡自得其樂，還自號「東坡居士」，這就是「蘇東坡」這個名號的由來。

蘇軾享年六十四歲。他一生的仕途可說是相當不遂，被貶過好幾次，每次還都是被貶到災禍連年的窮鄉僻壤，但蘇軾總是能夠隨遇而安，而且依然認真做事。除了他本身的性格就比較豁達之外（這樣的特質正是他的詩文會呈現出豪放風格以及浪漫主義精神的主要原因），另一方面也由於在他的身上有明顯的道家思想，這一點和他父親蘇洵（西元1009—1066年）信仰佛老應該有關，蘇軾從小受到這樣的薰陶，現實環境的困厄與否就絲毫不會影響到他認真做事的態度，更不會影響到他的才華。

比他小兩歲的弟弟蘇轍（西元1039—1112年）的仕途比較如意，後來還做過宰相，在文學上的造詣也很了得，和父親蘇洵一樣以散文著稱，擅長政論和史論。在「唐宋散文八大家」中，他們父子三個都名列其中，世稱「三蘇」。三人之中，如果論在文學上的表現，自然還是蘇軾最為輝煌，而且蘇軾還可以說是一位非常少有，屬於全方位的大才子，因為他在詩、詞、散文、書、畫等各方面都取得了很高的成就，是北宋中期的文壇領袖。

如前所述，蘇軾做事非常認真。比方說，當他被貶到杭州的時候，當時的西湖哪裡是現在這個樣子，湖水之中到處都是雜草叢生，又髒又亂，根本無法通航，蘇軾在經過考察、籌劃之後，親自帶領著老百姓清淤除草，修築了一條長三十多里的大堤，這就是目前還可以看到的「蘇公堤」。蘇軾在杭州待的時間其實並不長，只有短短三年，但是在此期間他寫下大量關於西湖景物的文學作品，其中最有名的就是〈飲湖上初晴後雨〉了。

這是一組組詩，「飲湖上」是指在西湖遊船上飲酒的意思。這個組詩其實有兩首，第二首由於是從一個整體的角度來描寫西湖美景，因此與第一首相較，流傳更廣，一直到現在，只要是寫到關於西湖景色的文章，幾乎無一例外都會引用蘇軾的這首詩作。

我們不妨就來看看在蘇軾的眼裡和他筆下的西湖是怎麼樣的吧。

水光瀲灩晴方好，山色空濛雨亦奇。
欲把西湖比西子，淡妝濃抹總相宜。

「瀲灩」是指水波蕩漾、波光閃動的樣子，「方好」是正顯得美的意思，因此第一句是描寫晴天的西湖，在陽光的照耀下，西湖水波蕩漾，光彩熠熠，美極了；而碰到下雨的時候呢？西湖又是另一番景致了，這個時候遠處的山會籠罩在煙雨之中，若隱若現，造成眼前一片迷茫，這矇矓的景色也是非常動人的；接下來，最後兩句可以說是蘇軾對西湖美景的一個總結，意思就是說：如果把美麗的西湖比作是美人西施，那麼就像西施，無論是淡妝也好，濃妝也罷，都能很好的顯現出她的天生麗質和迷人風韻一樣，無論是晴天或是雨天，西湖也總是美不勝收，各有不同的韻味。總之，在蘇軾看來，西湖的美是怎麼也道不盡、說不完的。

蘇軾的作品經常都是「就地取材」。譬如在黃州的時候，他寫下《念奴嬌‧大江東去》，「大江東去，浪淘盡，千古風流人物……」把抒情寫景以及議

論融合得非常自然和巧妙，這種寫法在過去的詞作中是從來不曾出現過的。

講到這裡就特別要強調一點，雖然在蘇軾所創作的文學作品之中，比例最大的還是詩（他為後世留下了兩千七百多首詩），但是他也寫了大量的散文，以及三百多首詞，尤其是蘇軾的「詞」在文學史上饒具深意，因為「詞」這個文類是在蘇軾的手上才有了驚人的提升，以至於後世才會有「唐詩宋詞」這樣的說法。

我們不妨再看看蘇軾另外一首代表詞作，《水調歌頭・明月幾時有》，「明月幾時有？把酒問青天。不知天上宮闕，今夕是何年……」這首詞作的最後幾句——「人有悲歡離合，月有陰晴圓缺，此事古難全。但願人長久，千里共嬋娟」更是千古名句，一千多年以來不斷的被世人所傳頌。

過去「詞」不僅題材很狹窄，經常都只是寫男歡女愛，或是傷離送別，在很多文人看來甚至還都覺得「詞」這種東西不太入流，可是從北宋文學家范仲淹等人開始，嘗試對詞的創作進行改革，努力擴大內容和表現形式，但是直到蘇軾，詞才開始真正的詩化和散文化。

蘇軾的創作量驚人，作品數量之多，屬北宋作家之冠，事實上他也確實是代表著北宋文學的最高成就。而身為官員，儘管他個人仕途不遂，可不管到哪裡，他的政績都深受老百姓的肯定，因此都備受百姓的愛戴。西元1101年，當蘇軾在常州病故的時候，消息一傳出，老百姓一個個都難過得傷心哭泣，以至於滿街都是哭聲，聞之令人動容。

陸游

報國無門

（西元1125—1210年，南宋）

陸游字務觀，號放翁，是南宋最重要的詩人，也是至今為止現存詩歌作品最多的詩人；光是八十五卷的《劍南詩稿》就收錄了詩作九千多首，這真是一個令人咋舌的數字，另外還有兩卷詞作《放翁詞》以及五十卷《渭南文集》，這都顯示出陸游是一位創作力豐沛且終身努力不懈的作家。

北宋滅亡這一年（西元1127年），陸游才兩歲。同年，南宋政權在應天府（今河南商丘）成立。十一年後（西元1138年），宋室決定南遷臨安府（今浙江杭州），實際上就是南逃。在陸游的童年和少年時期，國難當頭的氣息一直非常濃厚，再加上幼年時隨著父母逃難，飽嘗艱辛和恐懼的深刻記憶，都是他日後成為一位愛國詩人重要的背景因素。

在他成長的過程中，金國幾度南下都未能澈底消滅南宋，而南宋幾次北伐最後也都無功而返（當然這主要還是因為南宋政權根本就無意收復失土，只想在南方苟安），金國和南宋形成對峙的局面。在陸游十六歲這一年（西元1141年），雙方達成「紹興和議」，南宋放棄淮河以北地區，與金國以淮河至大散關為界。大散關是「關中四關」之一，位於陳倉（今陝西寶雞）南郊秦嶺北麓，自古以來就是「川陝咽喉」與「兵家必爭之地」，距離南宋一千多年以前漢高祖劉邦（西元前256—前195年）「明修棧道，暗度陳倉」就是從這裡經過，如今南宋竟然放棄地理位置如此重要的地方，不思進取之心真是再明顯也不過。後來陸游還有詩句提到了大散關（「樓船夜雪瓜洲渡，鐵馬秋風大散關」，出自《書憤五首‧其一》）。

陸游相當高壽，享年八十五歲，但他的一生整體來說是充滿了挫敗感和遺憾的。這可以從政治和他個人的感情生活兩方面來看。

在政治上，陸游屬於南宋的主戰派（或「抗戰派」），然而南宋的當權派從開國皇帝趙構（西元1107—1187年）開始就是投降派（美其名曰「主和派」），主戰派一直都是備受排擠，抗金名將岳飛（西元1103—1142年）還被莫名其妙的害死了啊！所以陸游一生仕途不順，報國無門，也就不難想像了，他還因此寫過「報國欲死無戰場」這樣的詩句，無奈和憂憤之情真是溢於言表。

陸游是越州山陰（今浙江紹興）人，年少時就好學不倦，十八歲時開始跟著曾幾（西元1085—1166年）學習作詩，曾幾的文風比較清淡，語言輕快、形象生動，內容則多寫個人生活，也有抒發愛國之心、支持抗金之作，這些也都對年輕的陸游產生了明顯的影響。後世將他們都列為「江西詩派」。

後來曾幾過世的時候，時年四十一歲的陸游還特地為老師寫了墓志銘，稱讚老師「治經學道之餘，發於文章，雅正純粹，而詩尤工」，「工」在這裡是指「善於」的意思。

縱觀陸游一生的文學成就，和老師曾幾一樣，主要成就也是在詩歌，譬如「山重水複疑無路，柳暗花明又一村」、「小樓一夜聽春雨，深巷明朝賣杏花」、「夜闌臥聽風吹雨，鐵馬冰河入夢來」等等，都是名句。

二十九歲時，陸游赴首都臨安應試，原本是名列第一，但因為「喜論恢復」，就是說喜歡大談應該積極北伐、打敗金軍、拿回失地，儘管在後世看來這都是愛國心切的表現，然而卻是當時那些投降派最討厭聽到的言論，再加上秦檜（西元1090—1155年）的孫子也參加了這次的考試，排名在陸游之後，這對陸游來說又平添一份不利的因素，因為秦檜可是當時最受皇帝倚重的權臣啊，結果陸游竟然在複試時遭到了除名。

三年後，秦檜死了，這年三十三歲的陸游總算才有機會出仕，擔任寧德縣「主簿」（這是部分官署與地方政府的事務官，不是一個重要的職位）。陸游一生擔任過好幾個官職，但由於他是一個堅定的「抗戰派」，屢次上書建議圖謀反攻恢復，因此多次被投降派彈劾和罷職。他的詩歌作品也大多充滿著一方面渴望報國的豪情，另一方面又在深沉之餘，流露出壯志難酬的悲憤。

直到臨終前夕，陸游還心心念念沒能看到收復國土，寫下了著名的詩篇

〈示兒〉：

死去元知萬事空，
但悲不見九州同。
王師北定中原日，
家祭無忘告乃翁。

「元」通「原」。這是陸游的絕命詩，大意是說：我本來知道在我死後，世間的一切就都和我沒關係了（「萬事空」），但唯一使我痛心的就是沒能親眼看到祖國的統一。等到我們收復中原失地的那一天終於來到的時候，你們舉行家祭時，千萬別忘了把這個好消息告訴你們的父親啊！

在陸游死後七十年左右，南宋滅亡，但陸游大概怎麼也想不到南宋最終不是亡於金人之手，而是亡於蒙古，就連金國也早在西元1234年、也就是南宋滅亡的四十五年前就被蒙古所滅。

陸游一生另外一大憾事就是跟第一任妻子唐婉的愛情悲劇。他在十九歲時與唐婉成親，唐婉是他舅父的女兒（在古代這叫做「親上加親」），婚後兩人感情很好，可惜好景不常，由於陸游參加考試不順，父母竟把他的落第歸咎於他對唐婉太過迷戀，而唐婉也不懂得應該鼓勵丈夫好好向學，不是一個好妻子，然後強迫這對恩愛的小倆口分手。在陸游二十二歲時實在拗不過父母之命，只得被迫與愛妻分開。

之後，兩人男婚女嫁。四年後，陸游已是兩個孩子的爸爸，一天在沈園遊覽時，巧遇唐婉和她的現任丈夫，唐婉把自己和陸游的關係告訴了丈夫，還把他們攜帶的酒食送給陸游，陸游一時感慨萬千，便在沈園一面牆壁上填了充滿哀怨惆悵的〈釵頭鳳〉。後來唐婉見了，也依韻和了一首詞作。

不久，唐婉就抑鬱而死。陸游終生都無法對唐婉忘情，在他過世的前一年還寫了詩作〈春遊〉來悼念唐婉，最後一句「不堪幽夢太匆匆」，真是道盡了有情人沒法相守的巨大遺憾和失落。

自陸游過世八百年以來，他和唐婉的愛情悲劇出現在不少藝術作品當中，一直深深感染著很多人。

詞中之龍 辛棄疾

（西元1140—1207年，南宋）

辛棄疾和朱熹、陸游身處同一個時代，都是南宋著名的文人，他比朱熹小十歲，比陸遊小十五歲。不過，他跟早於自己近四十年的北宋才子蘇軾也扯得上關係（如果從蘇軾過世那年算起到辛棄疾出生這年，中間相隔了三十九年），被後人並稱「蘇辛」；這是因為「詞」這個文類是到蘇軾才開始有了驚

人的提升，而辛棄疾則不僅是南宋、也是整個中國詞史上最傑出的詞人之一。

辛棄疾原字坦夫，後來改為幼安，號稼軒，山東東路濟南府曆城縣（今濟南曆城）人。辛棄疾出生的時候，北宋已經滅亡十三年了，他就是出生在早已淪陷於金人之手的北方，打從有記憶以來，辛棄疾就親眼目睹漢人在金人統治之下是如何的屈辱與痛苦，再加上祖父經常帶著年幼的他「登高望遠，指劃山河」（這是後來辛棄疾自己所描述的情景），使得他在少年時期就立下日後一定要恢復中原，報國雪恥的偉大志向。

根據《宋史》記載，辛棄疾在年輕的時候就有過實際的抗金行動。西元1161年，金主完顏亮（西元1122—1161年）率軍南侵，一路燒殺虜掠，中原百姓不堪其擾，紛紛自動自發組織起義軍對抗，這年二十一歲的辛棄疾也在濟南組織了一支兩千多人的隊伍起義，後來率領隊伍投歸了另一起義軍領袖耿京

（約西元1130—1162年），被委任為掌書記。

翌年，耿京在起義軍的聲勢已經頗為浩大、顯然已給金軍造成不小壓力的情況之下，特地派辛棄疾等人南下，想要聯絡南宋朝廷。辛棄疾就這樣來到了建康（今江蘇南京），被宋高宗召見，傳達了耿京願意與南宋軍一起打退金軍的雄心。

不久，就在辛棄疾完成任務，返回起義軍陣地的途中，突然得知耿京竟已被叛徒張安國（生年不詳，卒於西元1162年）所殺、張安國並且隨即投降金國的消息，辛棄疾怒不可遏，立刻帶著五十名騎兵直接殺入有五萬人的金營，當場活捉了正在與金軍將領喝酒的張安國，然後轉身就跑，動作霹靂迅速，等到金軍回過神來之後，雖然馬上就在後頭拚命追趕，卻怎麼也追不上。稍後辛棄疾把張安國交給南宋朝廷治罪，張安國被斬於市。辛棄疾在這次行動中所表現

南宋

出過人的果敢與勇氣，令他名噪一時。

辛棄疾也就這樣來到了南宋。一開始，他躊躇滿志，很希望能夠得到朝廷的重用，致力於恢復中原的大業。然而，一心只想苟安的南宋朝廷不僅不可能重用他，還對他頗為顧慮，當時南宋對於像辛棄疾這樣來自北方淪陷區的人甚至還有一個蔑稱叫做「歸正人」。總之，辛棄疾幾乎是一到了南方就被解除了兵權，然後又因被看重能力不錯，而被派去擔任一些地方官職。

不過，即使是做地方官，辛棄疾在以高標準做好分內工作之餘，還是積極在為收復中原做準備。在他南歸三年後，就向朝廷進獻了一本嘔心瀝血的《美芹十論》，從第一論到第十論，對宋、金雙方的國情民意，以及「主和」、「主戰」兩派不同意見的優劣都做了非常全面、精闢的分析和總結，是一本很有價值、很值得好好研究的書，可惜並未受到朝廷的重視。

之後十幾年，辛棄疾一直在滁州、江西、湖南等地做地方官，直到他四十一歲這年（西元1181年）被彈劾罷官。這幾乎是南宋所有主戰派的宿命。此後，辛棄疾便在上饒、船山等地閒居了幾近二十年，其間只有兩次出仕為福建提點刑獄和浙江東安撫使。

西元1204年，朝廷終於要開始為對金用兵做準備了，寧宗趙擴（西元1168—1224年）還為此召見了辛棄疾，儘管這時辛棄疾已經是一位六十四歲的老人了，可抗金之心還是那麼的堅定，便接受了鎮江知府的派令，誰知隔年竟然又被彈劾撤職，黯然返回船山。兩年後就在船山抱憾而終，享年六十七歲。

聽到他的死訊，這時已經八十二歲的陸游非常悲痛。其實這兩位同屬主戰派的鬥士是在西元1203年才第一次見面，當時陸游七十八歲，辛棄疾六十三歲。辛棄疾看到陸游的生活那麼貧困，經常主動想要幫助他，陸游即使沒有全部接受，但是心裡還是非常感念。

辛棄疾就是這麼一個重情重義的人。又如，朱熹過世時，朝廷正在嚴禁朱熹的學說，並稱之為「偽學」，結果朱熹的門生和朋友幾乎無人敢去送葬，可是六十歲的辛棄疾哭著去了，還為好友朱熹撰文紀念，盛讚好友將「垂名萬世」，絲毫不怕自己會被牽連。

和陸游極為類似的是，辛棄疾也是滿腔報國之心，但最終也是壯志未酬，然後就把自己的熱情、失望和憤慨統統都寄託在文學裡，只不過陸游喜歡寫詩，尤其是格式嚴整的七律，辛棄疾則喜歡寫詞。辛棄疾現存詞作六百多首，是兩宋存詞最多的作家。

辛棄疾在詞史上最突出的貢獻，就是在於擴大了詞作的題材，他所選擇的主題非常廣泛，有寫政治的、哲理的、友情的、愛情的、田園風光的、民俗的、讀書心得的、甚至是普通的日常生活，可以說比蘇軾詞作觸及到的主題還要寬廣，幾乎沒有什麼事是辛棄疾不能寫的。隨著題材的豐富，辛棄疾詞作的藝術風格也有很多變化，雖然他主要被歸類為「豪放派詞人」，但是對於處理一些感情細膩的婉約之作，他也同樣得心應手，譬如「眾裡尋他千百度，驀然回首，那人卻在，燈火闌珊處」、「少年不識愁滋味，愛上層樓。愛上層樓，為賦新詞強說愁」等等，都是他的傳世名句。

此外，其實辛棄疾政論性的文章也寫得很好（譬如他在二十五歲就寫出的《美芹十論》），只不過因為他的「詞人」之名太高，被譽為「詞中之龍」，以至於他那些政論性的文章就很容易被大家所忽略了。

文天祥

人生自古誰無死，留取丹心照汗青

（西元1236—1283年，南宋末年）

宋朝享國三百一十九年（西元960—1279年），上承五代十國，下啟元朝，分為北宋和南宋，兩次覆滅均緣於外患，是中國歷史上唯一不是亡於內亂的封建王朝。

西方與日本有不少學者都認為宋朝是中國歷史上的文藝復興與經濟革命時

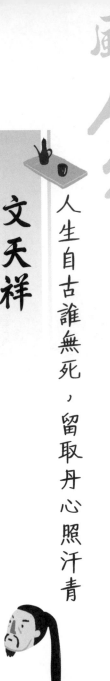

期，這是因為宋朝在文化教育和經濟活動都處於高度繁榮，就是一直被外患壓得喘不過氣。北宋亡於金國，而享國一百五十二年的南宋（西元1127—1279年），則是從一開始就是主和派當道，只想偏安於秦嶺淮河以南，到了南宋中後期，朝政益加腐敗，奸臣輩出，所有主戰派的愛國志士一律遭到打壓，有志難伸，而就在這個時候，漠北草原的蒙古人開始崛起了。

西元1206年，成吉思汗（西元1162—1227年）統一了漠北草原建立大蒙古國。五年後（西元1211年）蒙古軍開始大舉南侵，過了七年（西元1218年）滅了西遼，又過了九年（西元1227年）滅了西夏，再過七年（西元1234年）滅掉金國，翌年就開始對付最後一個目標南宋了，但由於南宋軍民拚死反抗，這一打就持續了四十四年。

西元1271年，元朝正式建立，三年後元世祖忽必烈（西元1215—1294年）

就命大將伯顏（西元1236—1295年）加大伐宋的力度。果然，接下來伯顏僅僅只花了兩年的工夫，西元1276年南宋首都臨安府就被攻占，然而令元軍意外的是，緊接著居然又拖了三年，直到西元1279年崖山海戰宋軍戰敗之後，南宋才澈底覆滅。

雖然南宋終究還是難逃覆滅的命運，但在最後關頭許多愛國志士可謂已經拚盡全力，十分悲壯。這和「宋末三傑」的領導有很大的關係，他們寧死不屈的高風亮節深深感染著南宋軍民，激勵著大家竭盡全力也要和強大的元軍對抗到底。所謂「宋末三傑」，指的是文天祥、陸秀夫（西元1236—1279年）和張世傑（生年不詳，卒於西元1279年）。

在當時南宋全境都已經被納入元朝版圖的情況之下，「宋末三傑」率領著南宋殘存的勢力連續擁立了兩個年幼的皇帝，成立小朝廷，堅持不向元軍屈服，但同時也不得不繼續南逃。

西元1278年年底，文天祥在五坡嶺（今廣東海豐北）兵敗被俘，被押送至北方。翌年，元軍將領逼文天祥勸降仍在苦苦保衛崖山的將領張世傑，文天祥拒絕，只寫了一首七律叫元軍交給張世傑，這就是著名的〈過零丁洋〉，當元軍將領讀了這首詩作，尤其是讀到最後兩句「人生自古誰無死，留取丹心照汗青」，也不禁對文天祥的正義凜然大加讚賞。

沒過多久，崖山海戰的消息傳來，宋軍戰敗，陣亡人數高達十萬人，張世傑的戰船也沉沒了，據說海上到處都漂浮著尸體，場面非常慘烈。西元1279年三月十九日，走投無路的將領陸秀夫只好背著剛滿八歲的小皇帝跳海而死，南宋至此澈底滅亡。

可文天祥其實仍有活路。因為他被元軍關押，只要肯投降，不僅不會死，還可享受高官厚祿。

可是，文天祥是不可能投降的。他的傳世名作五言古詩〈正氣歌〉就是在獄中所寫。

天地有正氣，雜然賦流形。下則為河嶽，上則為日星。

於人曰浩然，沛乎塞蒼冥。皇路當清夷，含和吐明庭。

時窮節乃見，一一垂丹青……

意思是說：在天地之間有一股堂堂正氣，它賦予萬物而變化為各種形體。在下就是山川河嶽，在上就是日月星辰，而在人間就被稱為是浩然之氣，天地和寰宇都充滿著這股堂堂正氣。當國運清明太平的時候，它會呈現在氣氛祥和、開明的朝廷，而當時運艱難的時刻，義士們就會出現，他們光輝的形象都將紛紛傳之後世……

文天祥在獄中曾收到女兒的來信，得知妻子和兩個女兒都在宮中為奴，非常心痛。稍後他在寫給妹妹的信中提到此事，說收到女兒的信「痛割腸胃」，還說「人誰無妻兒骨肉之情？但今日事到這裡，於義當死，乃是命也。奈何？奈何！」

在文天祥被關押了三年左右，西元1283年年底，文天祥被帶到宮中，因為元世祖忽必烈要親自勸說他投降。可儘管這個時候南宋都已經滅亡四年了，文天祥還是拒絕投降元朝，嚴肅的表示他曾為大宋的狀元宰相，如今宋朝亡了，他只能死，不能活。

於是，第二天文天祥就被押送刑場。雖然滿身刑具，但他的神色卻是非常的泰然自若。最後一刻，監斬官問文天祥還有沒有什麼話說，並說如果他現在改變心意，他們可以馬上回奏，文天祥就可免除一死。文天祥聽了，只開口問了一句「哪裡是南方？」，因為南方是故國大宋的方位啊，然後他朝南方拜了兩拜，就從容就義了。終年四十七歲。

在他死後，別人在他的衣服裡發現了一篇文章，裡頭有一段大致是這麼說的：「孔子說成仁，孟子說取義，只有忠義至盡，仁也就做到了。讀聖賢的書籍，所學習的是什麼呢？自今以後，可算是問心無愧了……」

文天祥字宋瑞、履善，號文山，吉州廬陵（今江西吉安縣）人。西元1256年五月，二十歲的文天祥參加殿試，成了一名狀元。這是當時在位的宋理宗（西元1205—1264年）親自選拔他為第一名的，因為文天祥以「法天不息」為主題寫了一篇一萬多字、精采無比的文章，而且完全不用打草稿，是一氣呵

成。他的才情令人驚嘆。「法」是效法之意，「不息」就是一往直前，永不停止的意思。年紀輕輕的文天祥從許多不同事物、不同角度，以及歷史上許多豐富貼切的例子，深刻闡述了他的「不息」思想。主考官讀了這篇文章，形容文天祥「忠心肝膽好似鐵石」。

除了這篇哲學專著，文天祥一生也寫過序言、墓志銘、祝辭、跋等不同形式的文體，還有不少詩詞作品，其中《指南錄》詩集全集共四卷，是文天祥創作於南宋即將滅亡之時，當時他在很多地方輾轉流離，患難之中把自己的經歷用詩歌記錄下來，被稱為史詩，是極有價值的作品。詩集名字之所以叫做《指南錄》，是取自「臣心一片磁針石，不指南方不肯休」。

想到文天祥在就義之前還特別問明南方在哪裡，如此濃烈、從來不曾動搖的愛國情操真是令人好生景仰！

曲聖 關漢卿

（約西元1220—1300年，元朝）

在中國文學史上，元曲與唐詩、宋詞並稱，所謂的「曲」主要就是雜劇的意思。「元曲四大家」是關漢卿、白樸（西元1226—約1306年）、鄭光祖（生卒年不詳）和馬致遠（西元1250—約1321年），其中關漢卿又被稱為「曲聖」，被後世公認是元曲的開創者和奠基人，是中國戲曲史上第一位知名作

家。

關漢卿一生一共創作了劇本六十多部，現存十八部。在這十八部作品中，有不少作品都是從元代一直演到現代，數百年來一直活躍在舞臺上，擁有很強的生命力。譬如他的代表作之一《感天動地竇娥冤》（簡稱《竇娥冤》），就是一個很好的例子，被近代享有國際聲譽的學者王國維（西元1877—1927年）譽為「列之世界大悲劇中亦無愧色」。

關於關漢卿是在哪一年出生，還有他的故鄉、家世以及早年的經歷，書上的記載不一。他大約出生在金末，有一種說法指他出生於大都（今北京）一個富裕的書香世家，父輩有一定的政治地位，所以他從小才有機會接受良好的教育，並且有機會受到很好的文化薰陶。還有一種說法，說關漢卿的故鄉在山西南部，而且說他出身於一個醫生的家庭，由於金國山西南部地區戲曲活動一直很興盛，即使是在金末都未減弱，所以關漢卿從小就耳濡目染，等到年紀稍長就參加了戲曲班的活動，在金國滅亡之前，他已經成為一個比較成熟的戲劇作家，而在元軍滅掉金國以後，他就來到元朝的首都大都，這可是當時政治、經濟和文化的中心。甚至元朝大都城的街道就是今天北京市的基本格局。

據說關漢卿來到大都之後，寫過一個相當不錯的劇本，經過一段時間的認真排練，得以在宮廷獻演，結果演出非常成功，得到皇帝和官員們的一致讚美，關漢卿的聲名也就此傳開。

有書上說關漢卿「滑稽多智，蘊藉風流」。「蘊藉風流」這個說法出自《北齊書》，形容一個人風度瀟灑，含蓄有致，總之，是一句讚美，不同於現代對「風流」一詞的負面定義。從不少資料看來，關漢卿的性格應該相當開朗和灑脫，他曾說：「我是個蒸不爛、煮不熟、捶不扁、炒不爆、響噹噹一粒銅豌豆。」如此生動活潑的比喻，似乎很可以窺見關漢卿積極樂觀又頗為豁達的人生觀。他又很喜歡交朋友，所來往的朋友裡三教九流都有，這對於他的戲劇創作當然有很多幫助。

儘管元朝種族歧視的情況非常嚴重，有很多的活動像打獵之類，都明令不允許漢人去做，就連漢人被蒙古人打了都不能還手，即使僥倖能夠吃公家飯，漢人也永遠只能擔任副職……在那樣一個對漢人極為不公的時代，過去讀書人賴以出人頭地的科舉考試曾經中斷了八十多年，讀書人不僅看不到出路，社會地位也一落千丈，當時社會上居然還有「七匠八娼九儒十丐」這樣的說法，「儒」就是讀書人，讀書人的地位竟然卑賤到只比乞丐要好那麼一點，可想而知，很多讀書人的內心該有多麼的苦悶。

可是多才多藝的關漢卿卻找到用戲劇創作這樣的方式來發揮自己淵博的知

識，並且在反應老百姓的生活以及表達個人人生信念之餘，還可以抨擊社會的黑暗，這也算是善盡一個文人的社會責任。

就拿他的代表作《竇娥冤》來說，全劇四折（元代的雜劇幾乎都是四折，一折就相當於一場戲），主人翁竇娥是一個弱小的寡婦，在慘遭無賴陷害，昏官又助紂為虐的情況下，屈打成招，莫名其妙的成為殺人凶手，被判斬首示眾。臨刑前，竇娥滿腔悲憤的許下三樁誓願，那就是在她死後將出現血濺白練、六月飛雪和大旱三年等三種異象。「白練」是白色的熟絹，「熟絹」與「生絹」相反，是不吸水的；六月正是夏天，怎麼可能下雪呢？……結果，因為竇娥的冤屈感天動地，後來當她一被斬首，鮮血立即染紅了原本應該不吸水的白練，天空也令人吃驚的飄下了雪花，後來當地還果真大旱三年，竇娥的三樁誓願統統都實現了！

《竇娥冤》是關漢卿晚年的作品，在各方面的技巧早已相當純熟。在這齣戲裡，關漢卿不僅成功塑造了竇娥這位女性形象，她外表溫柔賢惠、內心剛毅正直，她不是不曾努力想要為自己爭取公道，無奈在殘酷的現實之下求告無門，所有的希望都一一破滅……關漢卿藉由高潮起伏的情節，經由竇娥的不幸遭遇，生動刻畫出小老百姓有苦無處訴，只能任人宰割的悲慘境地，更辛辣控訴了貪官草菅人命的社會黑暗。幾百年來這齣戲總是很能夠直擊人心，引起強烈的迴響。

除了像《竇娥冤》這樣以現實社會獄訟事件為中心的公案戲之外，關漢卿也寫過其他類型的作品，比方說，以婦女的戀愛婚姻為中心的「風情戲」（浪漫文藝愛情悲喜劇），關漢卿這類作品多半是喜劇；還有就是以歷史人物為中心的英雄傳奇戲，以關羽為主人翁的《單刀會》也是關漢卿的代表作。

此外，關漢卿的散曲也寫得很好。「散曲」是一種文學形式，又稱為「樂府」或「今樂府」，由宋詞俗話而來，是配合當時北方流行的音樂曲調撰寫的合樂歌詞，在元代很是興盛，可以說是一種起源於民間的音樂文學，也是當時雅俗共賞的新體詩。關漢卿的散曲不僅內容豐富多彩、形象生動，格調又很清新，而且語言通俗，不僅具有很高的藝術價值，一般人也都很容易領會和欣賞。

當然，總的來說，關漢卿對後世最重要的貢獻，還是對於雜劇這一新興文學體裁的出現、形成和發展，都做出了非常巨大的促進作用，被後世譽為「曲聖」，實在是當之無愧。

曹雪芹

中國古典小説巨匠

（約西元1715—約西元1764年，清朝）

「紅學」，指的是專門研究與《紅樓夢》一書相關的學問。《紅樓夢》的作者是曹雪芹，被譽為「中國古典小説巨匠」、「中國文學史上最偉大的現實主義作家」。

「紅學」一詞在清末就已出現，關於這個名詞還有一個小故事。據説清末有一位名叫朱昌鼎的人（生卒年不詳），自言平生讀過八百多種小說，最愛的一本就是《紅樓夢》，當時在文化圈裡的風尚是「好講經學」，一回，有人問他「治何經」（「治」有研究的意思），他就回答，我所研究的這個「經」啊，比起一般的經，少了「一橫三曲」；想想看，只要把「經」這個字去掉上面的「一橫三曲」，不就是「紅」了嗎？所以後來大家就約定俗成，把研究《紅樓夢》這門學問稱做「紅學」。兩百多年以來「紅學」至今仍魅力不減，方興未艾。

以一本書而形成一門獨立的學問，而且是從什麼角度來研究的都有，這不僅在中國文學史上獨一無二，就是在整個世界文學史上也是極為罕見的。在西方雖然也有研究莎士比亞（西元1564—1616年）作品的「莎學」，莎士比亞不僅是英國文學史上最傑出的作家，也是歐洲文藝復興時期最重要、最偉大的作家之一，華人社會經常都尊稱為「莎翁」，但莎翁流傳下來的作品畢竟算是相當豐富的，包括三十七部戲劇、一百五十四首十四行詩、兩首長敘事詩，而晚於莎翁一百五十年左右的曹雪芹則畢生只有一本《紅樓夢》，而且還是殘稿。

因為在曹雪芹去世之前，儘管已經「批閱十載，增刪五次」（意思就是說為了追求完美而反覆修改），但終究還是沒有完成，我們現在讀到的一百二十回本的《紅樓夢》，後面的四十回是由高鶚（西元1758—1815年）所續。高鶚是清朝乾隆末年的進士，儘管文采也不錯，但由於他與曹雪芹的人生境遇差別太大，許多學者都認為高鶚所續寫的部分與曹雪芹的本意應該有不小的差距，然而由於高鶚的續寫，《紅樓夢》的故事總算才比較完整，就長期來看，對於《紅樓夢》的普及還是有很大的貢獻。

曹雪芹的壽命不長，應該在五十歲以內。在他十三歲左右，人生面臨了重大的轉折。後世不少學者把曹雪芹的一生歸納為兩句話——「生於繁華，終於淪落」。不過，也正因為有了這樣的際遇，才能催生出《紅樓夢》這部奇書吧。

曹雪芹生於貴族之家，在康熙（西元1654—1722年）、雍正（西元1678—1735年）兩朝，曹家祖孫三代先後有四人主政江寧織造達五十幾年。江寧就是今天的江蘇南京，明清兩朝都在南京設局負責織造宮廷所需絲織品。在曹雪芹出生的時候，曹家是當時南京第一豪門，天下推為望族。光是從康熙皇帝六次南巡時有五次都是住在曹家，就可看出曹家與皇室關係之密切，以及權勢之顯赫了。

在童年及少年時期，曹雪芹就在這樣優渥的環境中享受了一段錦衣玉食的幸福歲月，在《紅樓夢》開卷第一回「作者自云」中，他把這段歲月形容為「夢幻」，「每日只和姐妹丫鬟們一處，或讀書，或寫字，或彈琴下棋，作畫吟詩，以至描鸞刺鳳，鬥草簪花，低吟悄唱、拆字猜枚……只在園中遊臥，每每甘心為諸丫鬟充役，竟也得十分閒消日月……」

曹雪芹終身都對這段歲月記憶猶新，在他大約四十六歲那年秋天，他從北京南下，南遊了一年多，期間也回到了南京，想必是感慨良多，因為他後來還寫了詩作，特別提到「故交一別經年闊，往事重提如夢驚」。

總之，在曹雪芹小時候，由於家中藏書極多，精本就有三千多種（「精本」是指校印精善的書籍），他自幼生活在這樣一個圖書館式的環境裡，博覽群書，諸如文學、歷史、戲曲、美食、醫藥、養生、茶道、織造等都有所接觸，這些極為充實的知識背景以及精神養分，日後都自然融入了《紅樓夢》一書當中，同時也是為什麼《紅學》可以有那麼多不同研究方向的原因。

康熙皇帝駕崩以後，曹家作為康熙皇帝曾經的親信，被繼位的雍正皇帝身邊的人視為政敵，後來在宮廷政治鬥爭中受到牽連，竟因此而被抄家（被搜查並被沒收全部的家產），曹家一下子就敗落了。大約在十三歲那年，曹雪芹隨家人遷居北京，從曾經的貴族子弟變成了普通老百姓，但也正是因為從此與一般老百姓有了經常打交道的機會，《紅樓夢》裡的人物不像過去小說裡的人物那樣的扁平，彷彿好人總是完全的好，壞人又從頭到腳全是壞，曹雪芹用心塑造每一個人物，使每一個人物給人的感覺都是立體、真實的。

他不僅深化了人物的心理描寫，還能讓每一個人物都能按照自己的背景和性格特點來說話，以至於每一個角色都是那麼的活靈活現、躍然紙上。再加上曹雪芹改變了傳統小說的敘事角度，對於中國古典小說的敘事藝術進行了前所未有的創新與開拓，使得規模宏大、結構嚴謹、情節複雜、描寫鮮活的《紅樓夢》成為中國古代長篇小說的高峰。

從表面上看，《紅樓夢》似乎是以林黛玉、賈寶玉、薛寶釵的戀愛婚姻悲劇為中心，但實際上又不僅僅只是寫他們的三角戀愛，而是寫出了當時具有代表性的賈、史、王、薛四大家族的興衰，其中又以賈府為中心深刻揭露了封建社會的種種黑暗和罪惡，以及封建社會本身所具有的難以調和的內在矛盾，同時也顯示出封建社會必然將走向覆滅的命運。這些感觸應該也都是來自於曹雪芹在家道中落之後的真實感受。

同時，曹雪芹熱愛生活，又常有夢幻之感，有學者形容他「既入世又出世」，這使得他在書中努力探索人生的種種矛盾，增加了《紅樓夢》的深度。

曹雪芹大約從二十九歲的時候就開始寫《紅樓夢》了，一寫就斷斷續續寫了差不多二十年。由於經濟困窘，他一直是在生活極為困難的情況之下堅持寫作。

四十歲左右，他流落到北京西郊傍西山的荒村，日子益發艱難。在年近半百時，因幼子不幸夭折，他哀痛成疾，又因貧窮無力就醫，竟一病不起。

另，長久以來，中國古典長篇小說四大名著，按照成書順序，分別是《水滸傳》、《三國演義》、《西遊記》和《紅樓夢》。前三部作者的故事我們會在《風雲人物—100位名人召集令3》裡繼續介紹。

中國歷史年代表

朝代	起止年	本書介紹的名人
傳說時代（三皇五帝）		
夏朝	約西元前2070–前1600年	
商朝	約西元前1600–前1046年	
周朝	**西周** 西元前1046–前771年 **東周** 西元前770–前256年	
春秋	西元前770–前476年	老子、孔子
戰國	西元前475–前221年	孟子、荀子、莊子、韓非、屈原
秦朝	西元前221–前207年	
西漢	西元前202–西元8年	董仲舒、司馬遷、司馬相如
新朝	西元8–23年	
東漢	西元25–220年	王充

三國	魏 西元213–266年 蜀 西元221–263年 吳 西元222–280年	
西晉	西元266–316年	
東晉	西元317–420年	陶淵明
十六國	西元304–439年	
南北朝	西元420–589年	
隋朝	西元581–618年	
唐朝	西元618–907年	惠能、李白、杜甫、韓愈
五代十國	西元907–979年	
宋朝	北宋 西元960–1127年	司馬光、范仲淹、蘇軾
	南宋 西元1127–1279年	朱熹、陸游、辛棄疾、文天祥
遼朝	西元907–1125年	
西夏	西元1038–1227年	
金朝	西元1115–1234年	
元朝	西元1271–1368年	關漢卿
明朝	西元1368–1644年	王守仁、顧炎武、黃宗羲、王夫之
清朝	西元1636–1911年	梁啟超、曹雪芹

問題＋答案＝想引領讀者看見的訊息

企劃◎陳欣希（臺灣讀寫教學研究學會創會理事長）
撰文◎邱孟月、周慧玲（陳欣希教授研發團隊）

透過提問，我們想引領大家看見「全書編排的邏輯」、「單一篇章的重點」、「相似篇章的異同」、「書與自己的關聯」。

提問範圍，除了「自序」、「目錄」，我們從30篇中挑選5組，如下：

1〈人性本善——孟子〉vs.〈人性本惡——荀子〉

2〈發憤著書——司馬遷〉vs.〈鑑於往事，有資於治道——司馬光〉

3〈中國近代思想啟蒙之父——黃宗羲〉vs.〈中國古典哲學的終結者——王夫之〉

4〈愛國詩人——屈原〉vs.〈報國無門——陸游〉

5〈詩仙——李白〉vs.〈詩聖——杜甫〉

提問模式，主要原則有三：

1 每組文本會先「各篇提問」再「跨篇統整」；

2 各篇提問一定會讓讀者留意到「篇名」及「首段」「末段」；

3 跨篇統整會有「內容重點」和「書寫特色」的比較異同。

適用方式：

可以是「親子共讀」、「同儕共讀」，也可以是「自我引導」。回答問題，記得還要找出證據，證據通常不只一個！還有還有，若有特別喜愛的問題，記得在問題前畫個＊號！

好問題，有助於讀者理解文本！希望透過這些提問，讓大家讀懂這本書而且喜歡上閱讀思考！

1. 本書挑選了多位學問家、思想家與文學家，而在學問家的部分著重介紹了春秋戰國時期人物的原因為何？請在（　）中打✓。

（　）(1) 他們的著作多元化、思想開放而且觀念先進。
（　）(2) 他們運用了個人魅力，廣設學校以提升教育。
（　）(3) 他們留下看待人生、世界的基礎理論和學說。
（　）(4) 他們努力推廣教育造成官學沒落、私學興起。

參考答案：(3)

2. 當我們想要快速得知書中內容時，可以先翻閱「目錄」。從本書的目錄中，我們可以看出作者為本書下標題的依據是什麼呢？請寫出一項，並舉出兩個例子。

例如：位居該領域的重要地位：〈道家學派的奠基者—老子〉、〈中國禪宗的實際創始者—惠能〉。

參考答案：
(1) 學說主張：〈人性本善—孟子〉、〈人性本惡—荀子〉、〈知行合一—王守仁〉……
(2) 個人作為：〈發憤著書—司馬遷〉、〈博大求實，勇於質疑—王充〉、〈不為五斗米折腰—陶淵明〉……
(3) 文學地位：〈詩仙—李白〉、〈詩聖—杜甫〉、〈詞中之龍—辛棄疾〉、〈曲聖—關漢卿〉……

人性本善——孟子（約西元前372—前289年，戰國時期）

1. 從篇名可得知，孟子提倡「性善論」。以下關於這個理論的內容敘述，何者正確？請在(　)中打✓。

(　)(1) 萬事萬物的本質皆是相同的，世間並沒有是非、善惡、美醜與貴賤之分別，因為所有萬物本就是渾然一體。

(　)(2) 人是自然界的一部分，也是「因氣而生」。基於這點，人和萬物沒有本質上的不同，只是人具有知識和智慧。

(　)(3) 仁、義、禮、智這四種道德，就像人的四肢，在本質上是相同的。為政者只要加強後天的教育，人人皆可成為堯舜。

(　)(4) 人們皆有許多欲望，且常因欲望而起衝突。因此，為政者要教化百姓並制定法律以約束人民，天下自然趨向於「善」。

參考答案：(3)

2. 孟子主張統治者行「仁政」就能得民心，至於要如何做才能讓天下百姓心悅誠服呢？請在(　)中打✓。

(　)(1) 減輕稅賦　(　)(2) 注重教育　(　)(3) 推廣儒學　(　)(4) 勤儉治國

(　)(5) 大赦天下　(　)(6) 制民之產　(　)(7) 以民為貴　(　)(8) 落實律法

參考答案：(1)(2)(6)(7)

3. 從首段可知孟子被尊稱為「亞聖」。但是，作者卻未選擇以此為標題反而選了「人性本善」。請推論可能的原因為何？

參考答案：從文末可知「性善論」是孟子思想的基石，作者可能為了凸顯這點因此選用〈人性本善——孟子〉作為標題。

人性本惡——荀子（約西元前313—前238年，戰國末年）

4. 荀子認為「人性本惡」的「惡」指的是什麼呢？請在（　）中打✓。

（　）(1) 人性是邪惡的，為了權益常會不擇手段。

（　）(2) 人性是要滿足欲望，且不願意利益受損。

（　）(3) 人的思考與行為都是為了滿足一己之私。

（　）(4) 人沒有是非道德的價值觀也不尊重生命。

參考答案：(2)

5. 荀子曾三次擔任齊國官辦最高學府「稷下學宮」的祭酒，可見其學問之淵博。請問他是如何進行學習的？

參考答案：先對諸子的學說進行深刻的思考與分析，必要時加以批判，接著豐富、充實自己的思想以建立學術體系。

6. 以下何者為荀子作品的特色？請在（　）中打✓。

（　）(1) 多為充滿神奇玄妙的故事。

（　）(2) 以精鍊簡明的預言來說理。

（　）(3) 感情真摯，語言樸實無華。

（　）(4) 善用比喻，語言豐富多彩。

參考答案：(4)

跨文本比較

7. 孟子和荀子皆主張國君對人民的態度與看法應如何？

參考答案：應該要重視人民的想法與需求，而且要教育之。

8. 孟子與荀子是藉由什麼方式來宣揚自己的主張呢？影響又是如何呢？請完成下表。

學問家和思想家	孟子	荀子
主張	人性本善	人性本惡
宣揚方式	周遊列國，積極傳布和推廣。	1 2
被當權者重視與否		
對後世的影響	1 首開「諫君」之先河。 2	

參考答案：

學問家和思想家	孟子	荀子
主張	人性本善	人性本惡
宣揚方式	周遊列國，積極傳布和推廣。	1 足跡遍天下，推行政治主張。 2 晚年專心教學與著述。
被當權者重視與否	否	否
對後世的影響	1 首開「諫君」之先河。 2 影響宋朝以後的政治、文化與傳統道德思想。	著作形式影響後世說理類文章。

9. 在這兩篇文本中，作者分別放入了小故事及經典名句。這樣文章的取材有何用意呢？

參考答案：增加閱讀樂趣。透過小故事和經典名句，讓讀者更容易讀懂內容、抓到重點或是印象深刻。

第2組 學問家和思想家

發憤著書——司馬遷（生於西元前145年，卒年不詳，西漢）

1. 文本的首段提及「司馬遷不僅是中國歷史上最偉大的史學家，也是一位了不起的文學家與思想家」。請從文中找出兩個例子，證明他的過人之處。

參考答案：

(1)採取全新的紀傳體來書寫《史記》。 (2)為普通百姓立傳，例如：陳勝、孔子。

(3)不以成敗論英雄，寫了「項羽本紀」。 (4)靈活引用古籍中的文句來撰寫《史記》。

(5)花費十餘年完成《史記》。 (6)有史以來第一位注重實地考察、蒐集第一手資料以印證史料的人。

2. 後世評估司馬遷能讓《史記》中的人物有血有肉、動人心弦的原因是什麼？請在(　)中打✔。

(　)(1) 靈活引用古籍文句，文采優美動人。

(　)(2) 真摯描寫人物事件，令人印象深刻。

(　)(3) 傾注個人思想情感，專注投入寫作。

(　)(4) 善用人物故事編排，刻畫栩栩如生。

參考答案：(3)

3. 《史記》是中國文學和史學的重要著作，司馬遷在撰寫前做了哪些準備呢？請在（　）中打✓。

（　）(1) 拜師學習古文。（　）(2) 進入太學學習。（　）(3) 進行實地考察。

（　）(4) 遍讀史官藏書。（　）(5) 籌措撰寫經費。

參考答案：(3)(4)

鑑於往事，有資於治道——司馬光（西元1019—1086年，北宋）

4. 文本末段提及「司馬光在政治上最突出的一頁就是強烈反對變法」，請勾選其反對變法的原因？

（　）(1) 冷靜沉穩的個性特質。（　）(2) 熟知史學的變法案例。

（　）(3) 受百姓之託代為陳情。（　）(4) 擔憂史書的編纂中斷。

參考資料：(1)(2)

5. 綜觀司馬光的一生，哪些敘述正確？請在（　）中打✓。

（　）(1) 被尊奉為「儒家三聖」之一。（　）(2) 士大夫思想保守的典型代表。

（　）(3) 運用豐富學識革除國家弊端。（　）(4) 完成中國規模最大的編年史。

（　）(5) 致力推廣史學教育傳承所學。

參考答案：(1)(2)(4)

6.《資治通鑑》為何能被稱為是一套「巨著」？請舉出兩個例子說明這套書籍的偉大之處。

參考答案：

(1)貫通古今，涵蓋了1362年的歷史。
(2)後世仿效其書寫體例者不知凡幾。
(3)是中國規模最大的一部編年史，耗時19年才完成。
(4)將重大歷史事件的前因後果與各方聯繫交代得非常清楚，使讀者容易閱讀。

7. 司馬遷和司馬光皆為中國歷史留下了不朽的巨著，仔細閱讀文本後，請完成下表。

書籍	《史記》	《資治通鑑》
編撰者	司馬遷	
內容		上起戰國下迄五代末年的歷史事件。
編撰之時間		19年
支持之力量	父親，病重時還再三叮囑。	

參考答案：

書籍	《史記》	《資治通鑑》
編撰者	司馬遷	司馬光、劉恕、劉攽、范祖禹
內容	分為本紀、書、表、世家和列傳五個部分。	上起戰國下迄五代末年的歷史事件。
編撰之時間	十餘年	19年
支持之力量	父親，病重時還再三叮囑。	宋神宗支持編纂工作並親自賜書名。

8. 司馬遷和司馬光兩人在編撰史書時有什麼共同的做法？請在（　）中打✓。

（　）(1) 耗費所有的家產。

（　）(2) 傾注所有的精力。

（　）(3) 遊歷大半的國土。

（　）(4) 蒐集所有的古籍。

參考答案：(2)

9. 這兩篇文本的敘寫方式不同，前者採用倒敘法，後者則是使用順序法。請寫出喜歡哪一篇的寫作方式，並說明理由。

參考答案：

(1)〈發憤著書—司馬遷〉，先說明主角在52歲時完成有許多開創性作法的重要著作《史記》。引發讀者高度的興趣之後，再慢慢說明撰寫這本巨著的經過與艱辛。

(2)〈鑑於往事，有資於治道—司馬光〉，按照時間順序從主角的幼年到老年，最後下總結，讓讀者清楚他的一生功過。

中國近代思想啟蒙之父——黃宗羲（西元1610—1659年，明末清初）

1. 文本首段提及黃宗羲對於中國近代啟蒙思潮產生明顯的「積極作用」，此作用意指什麼？請在（　）中打✓。

（　）(1) 研發撰寫體裁。　（　）(2) 鼓勵著書立說。

（　）(3) 學習多元廣泛。　（　）(4) 反專制之思潮。

參考答案：(4)

2. 黃宗羲被後世尊稱為「中國近代思想啟蒙之父」，主要原因在於他的政治思想。請將正確的敘述打✓。

（　）(1) 主張「家天下」的君主制度。

（　）(2) 質疑「家天下」的君主制度。

（　）(3) 臣為君之師友，君臣應該共同治理天下。

（　）(4) 以「皇帝的一家之法」取代「天下之法」。

參考答案：(2)(3)

3. 若要更深入的了解黃宗羲的政治思想，應該要閱讀哪一本書呢？

參考答案：《明夷待訪錄》

中國古典哲學的終結者——王夫之（西元1619—1692年，明末清初）

4. 從文本的末段可得知，作者撰寫王夫之這位風雲人物的主要原因為何？

參考答案：他的思想積極進取值得肯定。

5. 王夫之認為哪一種思想對於促進社會進步是有害的？請在（ ）中打✓。

（ ）(1) 知行合一　（ ）(2) 理勢合一

（ ）(3) 無為而治　（ ）(4) 一切皆空

參考答案：(4)

6. 此篇文本在介紹王夫之的哲學特點中使用了許多的引號，其作用為何？請在（ ）中打✓。

（ ）(1) 呈現對話　（ ）(2) 強調重點

（ ）(3) 專有名詞　（ ）(4) 解釋說明

參考答案：(2)(3)

跨文本比較

7. 黃宗義和王夫之皆是中國近代著名的學問家和思想家，仔細閱讀文本後，請完成下表。

學問家和思想家	黃宗義	王夫之
面臨事件	明朝滅亡	
行動		
結果		失敗，投奔南明永曆政權。
返鄉後從事之活動		

參考答案：

學問家和思想家	黃宗義	王夫之
面臨事件	明朝滅亡	
行動	反清復明	
結果	失敗，長期過著流亡生活。	失敗，投奔南明永曆政權。
返鄉後從事之活動	長達四十年左右的學術研究與著書立說	

8. 黃宗羲與王夫之的思想觀念中，相同的地方為何？

參考答案：
兩人皆針對專制主義提出批評。

9. 這兩篇文本末段的寫作手法差異甚大，你喜歡哪一篇的呈現方式呢？請說明原因。

參考答案：
(1)黃宗羲，因為簡潔有力。
(2)王夫之，再次強調主角的思想重點與影響力。

第4組 文學家

愛國詩人——屈原（約西元前340—前278年，戰國末年）

1. 屈原為何會被定位為「愛國詩人」？請從文中找出兩個愛國的例子。

參考答案：

(1) 一心想要報效祖國。

(2) 被流放之時，還對老百姓表達關心與同情。

(3) 即使遇到不公平的待遇，依然不肯離開楚國。

(4) 得知都城郢被秦軍攻破，竟然投江以死殉國。

2. 請問屈原的作品有哪些特色？請在(　)中打✓。

(　)(1) 從個人創作到集體歌唱的新階段。

(　)(2) 充滿著積極向上的浪漫主義精神。

(　)(3) 文句的字數不等，句法參差錯落。

(　)(4) 句尾用「兮」、「之」、「乎」等虛詞。

參考答案：(2)(3)(4)

3. 屈原能成就文學上無與倫比的地位和以下哪些因素有關？請在（ ）中打✓。

（ ）(1) 深切的愛國心

（ ）(2) 巨大的挫敗感

（ ）(3) 積極的人生觀

（ ）(4) 刻苦的創作路

參考答案：(1)(2)

4. 請評估〈愛國詩人——屈原〉的最後一段是否可以刪除？並說明理由。

參考答案：

(1)可以刪除，因為第11段的內容（……無不受到楚辭的影響。）已經可以當作文章的總結。

(2)不要刪除，因加入這段的補述讓讀者更加了解〈九歌〉、〈九章〉的創作背景。

報國無門——陸游（西元1125—1210年，南宋）

5. 陸游成為愛國詩人的背景因素為何？請在（　）中打✓。

（　）(1) 跟隨母親改嫁，看盡人性之冷暖。
（　）(2) 社會到處瀰漫著國難當頭的氣氛
（　）(3) 目睹漢人在金人統治下的艱難生活
（　）(4) 跟隨父母逃難時艱辛與恐懼的記憶

參考答案：(2)(4)

6. 陸游的一生充滿了遺憾與挫敗感，這些感受主要來自哪些方面呢？請在（　）中打✓。

（　）(1) 國仇與家恨　（　）(2) 愛情與經濟
（　）(3) 友情與命運　（　）(4) 政治與感情

參考答案：(4)

7. 陸游的一生其實擔任過好幾個官職，但總是「報國無門」的原因是什麼？請在（　）中打✓。

（　）(1) 堅定的主張抗戰
（　）(2) 專心致力於寫作
（　）(3) 應試屢遭到除名
（　）(4) 得罪了權臣秦檜

參考答案：(1)

跨文本比較

8. 屈原和陸游皆是著名的「愛國詩人」，仔細閱讀文本後，請完成下表。

文學家	屈原	陸游
主要作品		
文學地位	1 中華詩祖 2 3	1 詩歌作品最多之人 2

參考答案：

文學家	屈原	陸游
主要作品	《楚辭．離騷》	《劍南詩稿》
文學地位	1 中華詩祖 2 辭賦之祖 3 中國浪漫主義文學的奠基人	1 詩歌作品最多之人 2 南宋最重要的詩人

9. 屈原和陸游都是中國著名的愛國詩人，但是文本中描述兩人文學成就的比重不同，請說明作者如此安排的用意為何？

參考答案：

(1)屈原的詩作是中國詩歌發展的源流，影響後世文學深遠，所以作者才會花比較多篇幅詳細介紹他的作品特色。

(2)陸游的詩作對後世影響較小，所以作者使用較多篇幅描述他的愛國情操。

第5組 文學家

詩仙——李白（西元701—762年，唐朝）

1. 李白被稱為「詩仙」主要的原因為何？請在（　）中打✓。

（　）(1) 是太白金星落凡

（　）(2) 擁有謫仙人稱號

（　）(3) 詩作文采如神仙

（　）(4) 濃厚的道家思想

參考答案：(2)(4)

2. 為何李白能創作出內容到形式皆可謂完美的詩作呢？請寫出兩個因素。

參考答案：

(1) 本身資質好，才華洋溢。

(2) 發揮自己的創意與個人風格。

(3) 善於從民歌、神話中吸取養分。

(4) 個性瀟灑豪放，充滿積極進取的精神。

3. 李白仕途短暫的主要原因是什麼？請在（ ）中打✓。

（ ）(1) 遭人嫉妒陷害　（ ）(2) 大肆批評朝政

（ ）(3) 個性不拘小節　（ ）(4) 不懂官場文化

參考答案：(3)

詩聖——杜甫（西元712—770年，唐朝）

4. 讓杜甫奠定詩歌創作基礎的原因是什麼？

參考答案：從小接受到各種文化藝術的的薰陶。

5. 杜甫的詩作能達到現實主義藝術高峰的主要原因是什麼？請在（ ）中打✓。

（ ）(1) 生活困頓，顛沛流離。　（ ）(2) 得罪皇帝，四處逃難。

（ ）(3) 子女不孝，妻子無德。　（ ）(4) 時局動盪，國家危難。

參考答案：(4)

6. 如果想要知道更多杜甫的詩作可以閱讀哪本著作呢？

參考答案：《杜少陵集》。

跨文本比較

7. 李白和杜甫的晚年生活有何相似之處？

參考答案：皆因安史之亂而流落他鄉、窮困潦倒，最後病死異鄉。

8. 李白和杜甫皆為盛唐時期的詩人，請完成下表。

異同＼人物		李白	杜甫
相異處	個性		
相異處	詩風		現實主義
相同處		1 幼時家境優渥 2 3	

參考答案：

異同／人物	相異處		相同處
	個性	詩風	
李白	瀟灑豪放	浪漫主義	1 幼時家境優渥 2 喜歡遊歷四方 3 皆有強烈愛國之心
杜甫	正直敢言	現實主義	

9. 這兩篇文章中都有介紹詩句。不過，前者介紹整首詩，並加以說明；後者挑選出部分詩句。你比較喜歡哪一種呈現方式呢？請說明原因。

參考答案：

(1)整首詩完整介紹加說明，能讓讀者更清楚詩的創作背景，並進行賞析。

(2)部分詩句呈現能一次介紹多篇作品，也能引發讀者好奇進而查閱完整之作品內容。

動動腦 想一想

1. 如果我們想要更深入了解某位風雲人物的故事或作為，可以運用哪些方法找到相關的資料呢？

2. 閱讀完這些學問家、思想家以及文學家的故事，對我們有什麼幫助呢？請舉出一個運用於生活中的例子。

3. 閱讀完這本書，請想想自己欣賞哪一位學問家、思想家或文學家呢？他吸引你的特質是什麼？你具備了這些特質嗎？如果還沒有，要如何向他學習呢？記得寫出具體做法喔！

國家圖書館出版品預行編目資料

風雲人物：100位名人召集令2／管家琪文；
顏銘儀圖. -- 初版 . -- 臺北市：幼獅，2019.07 -
冊；　公分. --（故事館；61-）

ISBN 978-986-449-160-5（平裝）

863.59　　　108007528

故事館061

風雲人物：100位名人召集令 2

作　　者＝管家琪
繪　　者＝顏銘儀
出 版 者＝幼獅文化事業股份有限公司
發 行 人＝李鍾桂
總 經 理＝王華金
總 編 輯＝林碧琪
主　　編＝林泊瑜
編　　輯＝謝杏旻
美術編輯＝李祥銘
總 公 司＝10045臺北市重慶南路1段66-1號3樓
電　　話＝(02)2311-2832
傳　　真＝(02)2311-5368
郵政劃撥＝00033368

印　刷＝崇寶彩藝印刷股份有限公司
定　價＝260元
港　幣＝87元
初　版＝2019.07
書　號＝984239

幼獅樂讀網
http://www.youth.com.tw
e-mail:customer@youth.com.tw
幼獅購物網
http://shopping.youth.com.tw/

行政院新聞局核准登記證局版臺業字第0143號